D1932196

Zu diesem Buch

Die Geschichte von Alexander Perlefter und seiner Familie ist die Geschichte des Bürgertums in der Weimarer Republik. Dem reich gewordenen Holzhändler ist jede Politik recht, solange sie seinem Profit dient. Das Romanfragment des großen Erzählers Joseph Roth, des «österreichischen Harun al Raschid» («Frankfurter Allgemeine Zeitung»), wurde erst vor kurzem entdeckt.

Joseph Roth, einer der größten österreichischen Prosaisten unserer Zeit, in dessen Werk sich noch einmal aller Glanz und alle Schatten der untergehenden Donaumonarchie spiegeln, wurde am 2. September 1894 in Schwabendorf bei Brody (Galizien) als Sohn jüdischer Eltern geboren. Er besuchte das Gymnasium in Brody, studierte in Wien Philosophie und deutsche Literaturgeschichte, nahm als Fähnrich freiwillig am Ersten Weltkrieg teil, war von 1923 bis 1932 ständiger freier Mitarbeiter der «Frankfurter Zeitung» und reiste in ihrem Auftrag durch ganz Europa. Am 30. Januar 1933 trieben ihn die politischen Verhältnisse in Deutschland endgültig ins Exil. Noch nicht fünfundvierzig Jahre alt, starb er am 27. Mai 1939 in einem Pariser Armenhospital.

In einer Diktion, die leidenschaftliche Anteilnahme mit distanzierender Ironie verbindet, schildern die Romane «Hotel Savoy» (1924), «Die Rebellion» (1924), «Die Flucht ohne Ende» (1927), «Rechts und Links» (1929) und der lange verschollen geglaubte Roman «Der stumme Prophet» (1966) das zwielichtige Panorama einer Nachkriegswelt mit ihren entwurzelten und zweideutigen Existenzen. Mit dem Roman «Hiob» (1930; rororo Nr. 1933) transponierte Joseph Roth den alten biblischen Stoff auf eine zeitgenössische Ebene und schuf so eine moderne Legende von der Leidensfähigkeit des jüdischen Volkes. Einen wirklich breiten Leserkreis erschloß ihm der 1932 veröffentlichte Roman «Radetzkymarsch» (rororo Nr. 222). Der Roman wurde mit dem 1938 erschienenen Werk «Die Kapuzinergruft» fortgeführt, (und 1973 unter dem Titel «Trotta» von Johannes Schaaf verfilmt). Weitere Werke: Der Napoleonroman «Die hundert Tage» (1936) und «Beichte eines Mörders» (1936). Selbstironische Züge zeigt die Erzählung «Die Legende vom heiligen Trinker» (1939).

Friedemann Berger, geboren 1940, studierte Germanistik und Theologie und ist heute als Cheflektor tätig. Er veröffentlichte u. a. Lyrik, den Roman «Krippe bei Torres» (1971) und gab Werke deutscher und englischer Autoren des 18. und 19. Jahrhunderts sowie klassische Reiseliteratur heraus.

Joseph Roth

Perlefter

Die Geschichte eines Bürgers

Fragment eines Romans
aus dem Berliner Nachlaß
Herausgegeben und
mit einem Nachwort
von Friedemann Berger

rororo

Rowohlt

Veröffentlicht im Rowohlt Taschenbuch Verlag GmbH,
Reinbek bei Hamburg, August 1980
© 1978 Verlag Allert de Lange, Amsterdam, und
Verlag Kiepenheuer & Witsch, Köln
Umschlagentwurf Werner Rebhuhn
Satz Garamond (Linotron 404)
Gesamtherstellung Clausen & Bosse, Leck
Printed in Germany
480-ISBN 3 499 14585 5

I

Ich heiße Naphtali Kroj.

Die Stadt, in der ich geboren wurde, war nach westeuropäischen Begriffen keine Stadt. Fünfzehnhundert Menschen bewohnten sie. Darunter waren tausend jüdische Händler. Eine lange Straße verband den Bahnhof mit dem Friedhof. Der Zug hielt einmal im Tage. Die Reisenden waren Hopfenhändler. Denn unsere Stadt lag in einer Hopfengegend. Es gab bei uns ein großes Hotel und ein kleines. Das große hatte Wolf Bardach erbaut.

Seine Mutter war die Besitzerin des Schwitzbades gewesen. Sie starb, vierundfünfzig Jahre alt, an einer rätselhaften Hautkrankheit, ein Opfer ihres Berufes. Ihr Sohn, der im Westen Jus studiert hatte und Notar werden wollte, verkaufte das Schwitzbad, um das Hotel Esplanade zu erbauen. Das Hotel sollte ganz westeuropäisch, ja amerikanisch aussehen. Zu diesem Zweck mußte es mindestens sechs Stockwerke haben und vierhundert Zimmer.

Vergeblich waren die vernünftigen Äußerungen vieler Juden, daß in unsere Stadt niemals vierhundert Fremde kommen würden. Herr Bardach entwarf selbst die Pläne. Er ließ aus den großen Städten der Gegend viele Männer kommen. Das kleine Häuschen eines Branntweinhändlers riß er nieder. Er selbst leitete die Arbeiten. Er war groß, dick und kurzsichtig, wie viele studierte Menschen. Einen goldenen Kneifer, das Abzeichen der Bildung, trug er an einem schwarzen breiten Moireebändchen. Er stand barhäuptig, in den grauen Kittel die dicke Gestalt gepreßt, mit einem Stock in der Hand, wenn die Sonne schien, mit einem Regenschirm, wenn es regnete. Er ließ ein so zuverlässiges Gerüst bauen, daß er es mit seinem großen Gewicht besteigen konnte, ohne es zu beschädigen.

Als das dritte Stockwerk fertig war, bemerkte er, daß er kein Geld mehr hatte.

Er verkaufte das Grundstück und seine Pläne dem reichen Herrn Ritz, dem es auf ein paar Tausender nicht ankam, und reiste, tief beschämt und heimlich, nach Wien, um Notar zu werden.

Der Herr Ritz ließ einen Ingenieur kommen, der viel Geld verdienen wollte und sich mit sechs Stockwerken nicht begnügte. Er baute sieben. Als die sieben Stockwerke fertig waren, feierten die Maurer der ganzen Gegend ein Fest. Der Ingenieur trank Schnaps, trat an den Rand des Gerüsts und fiel hinunter. Er kam so zerfetzt an, daß man nicht mehr feststellen konnte, ob er Christ oder Jude gewesen war. Man begrub ihn auf dem schmalen Pfad, der den christlichen vom jüdischen Friedhof trennte. Später schenkte ihm der reiche Herr Ritz ein schönes marmornes Grabmal, um ihn zu entschädigen.

Das Hotel erhielt den Namen Hotel Esplanade, einen Namen aus goldenen Lettern. Herr Zitron aus Amerika, von dem man sich erzählte, daß er drüben ein Mädchenhändler gewesen, bekam die Verwaltung des Hotels. Es hatte jetzt vierhundertfünfzig Zimmer. Aber weil alle Welt wußte, daß der Erbauer abgestürzt war, kamen nur wenige Reisende.

Um auf mich selbst zurückzukommen: Ich bin der Sohn eines Droschkenkutschers. Es gab vierundzwanzig Droschken bei uns, für jede Stunde eine. Mein Vater hatte die Droschke Nummer 17. Heute noch liebe ich diese Zahl.

Mein Vater fuhr jeden Tag zum Bahnhof, um die Reisenden abzuholen. Er war ein starker, bärtiger Mann, der nichts gelernt hatte. Man sah von seinem Angesicht nur die rote knollige Nase und den rötlichen Vollbart. Seine kurze Stirn, seine blauen kleinen feuchten Augen beschattete das lederne Dach seiner Sportmütze. Er trank leider viel, infolge seines Berufes. Manchmal mußte er die Reisenden tagelang in unserer Gegend herumführen, in der es keine Bahnen gab. In jedem Gasthof machte man halt. Mein Vater trank Schnaps, um sich zu erwärmen. Weil er billig, zuverlässig, kühn und stark war, hatte er die meisten Kunden. Er fürchtete sich weder vor Wölfen noch vor Räubern. Und je mehr Reisende er bekam, desto mehr trank er. Einmal, als er ohne Gäste des Nachts von einem entlegenen Gasthof heimkehrte, fiel er mit Schlitten und Pferd in den Schnee und schlief sofort ein.

Am nächsten Morgen war er erfroren.

Meine Mutter war schon lange tot. Ich hätte gerne Schlitten und Pferd übernommen, obwohl ich etwas gelernt hatte: nämlich lesen und schreiben bei Lehrer Tobias. Der war ein kleines altes Männchen. Als er jung war, hatte er einen hüpfenden Gang gehabt. Er ging noch als ein Alter auf den Zehenspitzen, aber er scharrte dabei mit den Sohlen. Weil es in den Häusern der Stadt an Schreibmaterial mangelte, trug er

Tinte und Gänsekielfeder bei sich, von einem Schüler zum andern. Zu Hause schrieben wir die Aufgaben mit Kohle an den Ofen. Der Lehrer Tobias war der einzige Mensch mit einem Zylinder in unserer Stadt. Weil er Löcher in den Taschen hatte, mußte er einen Zylinder tragen. Auf dem Kopf barg er bequem Tintenfaß und Feder. Das hatte den Nachteil, daß er niemanden grüßen konnte. Er legte immer den Zeigefinger an den Rand des Zylinders.

Ich wäre, wie gesagt, gerne ein Kutscher geworden. Aber die dreiundzwanzig Kollegen meines Vaters waren froh, daß sie nun unter sich waren. Der reichste von ihnen, der Kutscher Manes, kaufte unser Pferd, unsern Schlitten, unsere Droschke. Von nun an fuhr er mit zwei Pferden. Er schaffte sich eine neue Peitsche an mit lackiertem Stiel und einem Griff aus geflochtenem Stroh. Alle andern hatten Peitschen aus gewöhnlichem Weichselholz. An dem Peitschenriemen des Kutschers Manes befanden sich nicht weniger als sechs Knoten. Die Peitsche knallte wie ein Gewehr.

Die Hälfte des Geldes für Wagen und Pferd bekam ich, die andere Hälfte der Schankwirt Grzyb, ein Gläubiger meines Vaters. Die Kutscher hielten eine Versammlung ab und beschlossen, daß ich kein Kutscher werden sollte, weil ich etwas gelernt hatte. Sie sagten, es wäre am besten, wenn ich zu meinem reichen Verwandten Perlefter käme, der in Österreich einen großen Holzhandel betrieb. Vom Herrn Perlefter ging das Gerücht um, daß er Millionär sei. Man sprach seinen Namen nur mit Ehrfurcht aus. Die Kutscher tranken eines Tages sechsundvierzig

Schnäpse und bekamen Mut. Sie ließen den Schreiber Tobias kommen und ihn einen langen Brief an meinen Verwandten Perlefter aufsetzen. Der reiche Herr Ritz wußte und verriet die Adresse. Man schickte den Brief ab und wartete auf Antwort. Ich aß jeden Tag bei einem andern Kutscher.

Der Winter verging; und als die Eiszapfen an den Dächern zu schmelzen begannen und der junge Regen dazukam, um dem Schnee den Garaus zu machen, wurde ich ganz trunken vor Lust, in die Welt zu wandern. Ich wußte bestimmt, daß von Perlefter ein Brief kommen würde.

An einem der ersten Märztage kam ein kurzer Brief von Herrn Perlefter. Er wollte mich gerne aufnehmen.

Einen Monat lang packte ich. Inzwischen verhandelte man mit Tewje, dem Tabakschmuggler, der mich über die Grenze bringen sollte. Ostern war schon vorüber, als die Verhandlungen abgeschlossen wurden. Fast zu gleicher Zeit war mein Koffer fertig. In einer regnerischen Nacht überschritt ich mit Tewje und fünf Deserteuren die Grenze. Der Zollwächter wartete, bis wir verschwunden waren, dann schoß er aus Pflichtgefühl dreimal in die Luft.

Am achtundzwanzigsten April des Jahres 1904 kam ich nach Wien.

Es war sechs Uhr früh. Die Straßen der großen Stadt erwachten gerade. Die großen zuerst und dann die kleinen. Es war wie der Morgen bei einer Familie: Zuerst stehen die Erwachsenen auf und dann die Kinder.

Ungeheure Wagen kamen vom Lande mit Grünzeug und Bauern. Auf andern Wagen klirrten Milchkannen. Die Häuser schienen mir unermeßlich hoch. Hinter ihnen kroch die Sonne empor. Es war noch kühl. Frauen mit Besen kehrten vor den Türen. Die ersten Straßenbahnen kreischten unwillig auf den Schienen. Die Motorführer klingelten, obwohl die Geleise frei waren. Sie klingelten aus morgendlichem Übermut. Ehrwürdig wie stolze Fürsten sahen die Polizisten aus. Sie trugen blendend weiße Handschuhe. Manche Straßen waren königlich, weit und still und sauber und von Bäumen bewacht. Vieles lag in der Luft; eine ländliche Stille und die schlafende Riesenstimme einer Welt. Der Duft schlug aus den Gärten in die Straßen. Zum erstenmal in meinem jungen Leben sah ich den Goldregen. Ich hatte noch niemals Märchen gelesen. Dennoch wußte ich sofort, daß diese Sträucher Märchenbäume sind. Bei uns zu Hause gab es keinen Goldregen. Als ich die Stadt verließ, war der Frühling noch nicht da. Bei uns fing der Schnee eben an zu schmelzen. Hier hörte man schon den Sommer reiten ...

2

Ich glaube, daß es jetzt nötig ist, Ihnen den Vornamen Perlefters zu nennen: Er hieß Alexander. Es ist gewiß ein bedeutungsloser Zufall, daß er gerade so hieß, und ich will dem verführerischen Drange, eine gewaltsame Beziehung zwischen Wesen und Vornamen meines Helden herzustellen, nicht gerne nachgeben. Dennoch kann ich nicht umhin, zu erzählen, daß ich meine Achtung vor Alexander Perlefter zum erstenmal verlor, als ich von dem großen mazedonischen König Alexander hörte, der den Gordischen Knoten mit dem Schwerte zerhieb, und als ich mir vorstellte, daß der Herr Perlefter etwas Ähnliches niemals getan hätte. Im Gegenteil: Alexander Perlefter liebte, wie ich schon einmal erzählt habe, nicht die entschiedenen Handlungen und die unwiderruflichen Entschlüsse. Er ging nicht gerne in jene Gegenden, aus denen keine geraden und bequemen Wege zurückführen. Er liebte es, auf den Brücken zu verweilen, die das Hier mit dem Dort verbinden und demjenigen, der sie betritt, es gestatten, sich weder für das Hier noch für das Dort zu entscheiden. Alexander Perlefter ging immer über Brücken. Alles, was er erreichte, hatte er seiner vorsichtigen Natur zu verdanken. Er war das Resultat seiner eigenen Erfahrungen. Er blieb vorsichtig.

Er hätte Florian, Ignatz oder Emanuel heißen müssen, und meine Achtung wäre von längerer Dauer gewesen. Er war der erste Alexander, den ich in meinem jungen Leben kennengelernt hatte. Dieser Name gefiel mir, wie alles, was der Herr Perlefter besaß. Aber als ich mich für den großen mazedonischen König Alexander begeisterte, mußte der Vergleich zuungunsten des Herrn Perlefter ausfallen. Ja, schon wenn ich ihn ansah, mußte ich lachen. Auf den ersten Blick war er unauffällig, wie nur je ein gleichgültiger Mensch. Aber wenn ich ihn genauer betrachtete, die einzelnen Partien seines Gesichts voneinander sonderte, sein rechtes Profil und sein linkes prüfte, erkannte ich, daß manche Geheimnisse in ihm verborgen lagen, die zu heben der Mühe lohnen würde; erkannte ich vor allem, wie der Name Alexander gar nicht zu ihm paßte und daß es solch einen Namen, wie er zu ihm gepaßt hätte, überhaupt nicht gibt. Es müßte ein Wort sein, zäh und weich, verklingend über die eigenen Grenzen in fremde Klänge, unkenntlich und doch besonders und von einer ungewöhnlichen Gewöhnlichkeit. Solchen Namen gibt es leider nicht. Solche Worte gibt es nicht.

Die körperliche Größe Perlefters war unbestimmt. Er konnte ganz klein gewachsen scheinen und wiederum sehr groß. Wenn er unglücklich war, aber auch, wenn er vorgab, es zu sein, sank er in sich zusammen wie ein Körper aus schlaffem Gummi. Er konnte manchmal auf einem kleinen Kinderstuhl Platz finden und ein anderes Mal einen großen ledernen Klubsessel ausfüllen. Ja, ich befinde mich in keiner geringen Verlegenheit, wenn ich sagen soll, ob der Herr Perlefter groß, klein oder mittelgroß war.

Er konnte auch, je nach Bedarf, stark und schwach

erscheinen, hinfällig, aber auch machtvoll, er konnte, wahrscheinlich ohne es zu wissen, seinen Bauch irgendwo verlieren, und weil er von Natur eine schmale Brust und zarte Schultern hatte, aber im Laufe der Zeit Fett und Fleisch gewann, blieb es ungewiß, ob er eigentlich breitschultrig oder schmalgebaut war.

Er hatte einen runden und kahlen Kopf und über dem Nacken eine kleine glänzende Beule, so daß es aussah, als hätte das Gehirn in seiner natürlichen Schale keinen Platz gefunden und sich eine Art Nebengelaß selbst geschaffen. Man wußte nicht, wo die Stirn aufhörte und wo einmal die Haare begonnen hatten. Der kahle Schädel verlieh der ganzen Persönlichkeit Perlefters etwas Nacktes, Glänzendes, überflüssig Enthülltes, als hätte er sich entblößt und als müßte man sich schämen. Die Ohren standen sehr weit ab, waren klein, frauenhaft und wären auch noch zierlich zu nennen gewesen, wenn man sie näher an den Schädel gepreßt hätte. Sie standen wie Lauscher, Horcher in die Welt auf weit vorgeschobenem Posten.

Die Farbe der Augen habe ich niemals feststellen können. Sie wechselte nicht etwa, nein, sie blieb immer die gleiche, aber sie war keine Farbe, sondern wie von den Überresten verschiedener und auf einer alten Palette durcheinandergeflossener Farben zusammengemischt. Braun, grau, grün und bernsteingelb an den Rändern. Bei Tag, bei Nacht und im Zwielicht, immer waren diese Augen so, von unbestimmter Farbe, rund, klein, aufgerissen und wie unbekleidet. Es waren eigentlich die Augen eines schwer begreifenden, immer verwunderten und gutmütigen Menschen. Sie standen sehr weit auseinander, so, daß die Nasenwurzel Platz hatte, sich auszubreiten; und dennoch schickte sie eine schmale, wohlgeformte, am Ende etwas abgeplattete Mädchennase in die Welt, die weiß, wie Elfenbein zwischen den runden und rosagetönten Wangen leuchtete. Auch der Mund war klein und rund und die Lippen rot. Um so merkwürdiger war das breite, in der Mitte gebuchtete Kinn, in dem eigentlich die ganze Majestät Perlefters ruhte und aus dem sie strahlte.

Ja, Majestät, denn Perlefter besaß trotz allem eine Art Majestät, wie die meisten Menschen, denen es gutgeht. Es war nicht die Majestät der Größe, aber einfach die des Wohlergehens. Er sah ganz unschuldig aus, wenn er sich freute, wie ein pausbäckiges Kind. Und dennoch schlummerte schon die Bitterkeit in seiner Freude. Und ebenso, wie er die entschiedenen Taten nicht liebte, hatte er keine entschiedenen Empfindungen. Wenn er sich freute, machte er sich zugleich Sorgen. Wenn er tief bekümmert war, hoffte er schon. Er konnte nicht lieben und nicht hassen. Er mochte jemanden, oder er mochte ihn nicht. Dennoch war es ihm gegeben, um seine Kinder zu zittern, ohne daß er sie geliebt hätte. Denn er fürchtete den Verlust. Was er besaß, wollte er behalten. Er wollte sogar seine Frau behalten, obwohl sie ihn langweilte und er für sie nur das übrig hatte, was man für eine Haushälterin übrig hat. Menschen seiner Art lieben gewöhnlich Tiere. Perlefter aber hatte Angst vor Tieren, vor großen und kleinen, sogar den Vögeln wäre er aus dem Wege gegangen, wenn sie nicht vor ihm davongeflattert wären. Die frommen Droschkenpferde, denen er auf der Straße begegnete, betrachtete er mit scheuen Blicken, denn er traute den Wesen nicht, die er nicht verstand. Und er schätzte die Polizei, nicht nur weil sie Diebe, Räuber und Mörder verfolgte, sondern auch weil sie Hundesperren zu verfügen liebte. In dem Hause, das Perlefter gehörte, gab es Katzen, und er hätte sie schießen mögen, wenn er ein Schießwerkzeug besessen und nicht Angst gehabt hätte, damit umzugehn.

Nein, Perlefter liebte die Tiere nicht, und die Menschen waren ihm gleichgültig. Dennoch galt er als der sorglichste Familienvater, der liebebedürftigste Mensch, der gefühlvollste Bürger, denn die Tränen kamen ihm leicht, er konnte weinen wie ein Schauspieler, wenn es die Situation von ihm verlangte. Er konnte sich freuen an dem Glück der andern, er konnte Liebe, Haß, Freundschaft, Feindschaft spielen, die Aufregung, die Leidenschaft, Krankheiten, sogar den Rausch, wenn er nur ein bißchen getrunken hatte. Er trank nicht viel, er trank sehr selten, und er hatte keine Freude am Alkohol. Dennoch setzte er seinen Gästen gute Weine vor und gab an, sie zu kennen. Er schnalzte mit der Zunge, wenn er diese oder jene Sorte lobte, und wenn man ihm glauben durfte, so hatte er schon viel in seinem Leben getrunken. Vielleicht hätte ihm sogar der Alkohol Freude gemacht, wenn er nicht fortwährend gefürchtet hätte, im Rausch Haltung und Geständnisse zu verlieren, wahrscheinlich auch Geld. Deshalb führte er in letzter Zeit als Entschuldigung Krankheiten an, aber er war nicht krank. Und auch nicht gesund. Er konnte krank sein, wenn er wollte oder wenn er sich vor der Krankheit fürchtete.

Denn noch teurer als das Leben seiner Kinder war ihm sein eigenes Leben. In stillen, nächtlichen Stunden hörte er den Tod galoppieren. Mit fürchterlichen Schreckbildern bedrohte ihn die Phantasie. Wenn der Herr Perlefter rheumatische Schmerzen im Bein hatte, erlebte er schon eine Amputation, sah er eine Krücke, einen Rollstuhl, einen Operationstisch und scharfe Messer. Und er hatte oft rheumatische Schmerzen im Bein und andere an anderen Stellen. «Schonen Sie sich!» rieten ihm seine Freunde. «Schon dich!» rief seine Frau, und der Schrecken lag in ihrer Stimme, wie die Stimmen der Freunde vor freundlichem und frohem Mitleid bebten. Perlefter schonte sich, aber seine Angst war größer als seine Pflege. Mitten in der Schonzeit überfiel ihn Furcht und gebar ihm Schmerzen. Deshalb klagte seine Familie: «Er schont sich nicht! ...»

Ich möchte nicht, daß mich jemand der Ungerechtigkeit zeihe, und darf also nicht die Vermutung unterdrücken, daß Perlefter vielleicht infolge seiner armen Jugend und seiner redlichen Anstrengungen ein bißchen hinfällig geworden war. Es ist immerhin möglich. Er hatte nämlich, der Herr Perlefter, einen schweren Weg gehabt. Er war der Sohn eines kinderreichen und armen, in mehreren Berufen gescheiterten Vaters, dessen strenge Grundsätze die Armut nicht zu lockern vermochte. Alexander wußte sich, als der einzige unter seinen Geschwistern, den Grundsätzen des Vaters zu fügen und dessen Lieblingssohn zu werden. Indem er sich der Grausamkeit unterwarf und gehorchte, entzog er ihr die Nahrung. Indessen steigerten die anderen die väterliche Tyrannei durch Ungehorsam, lockere Sitten und Auflehnung gegen die Gesetze des Hauses. Nichts aber war Alexander Perlefter so fern, ja so verhaßt, wie lockere Sitten. Er konnte nicht laufen, nicht klettern, vor den Mädchen hatte er Angst wie vor den wilden Knaben und Jünglingen, die ihn bedrohten, und er achtete die Lehrer, den Schuldirektor und sogar den Schuldiener, dem die andern die Glocke stahlen und Papierschnitzel in die Amtsmütze legten. Alexander brachte die besten Zeugnisse nach Hause, bekam ein Taschengeld und machte sich auf den Weg zum Zirkus, um sich auch einmal die Dinge anzusehn, von denen die andern so begeistert sprachen. Er ging voraus, im blauen Anzug aus haltbarem Rips, mit einem gestärkten Kragen um den Hals, und hinter ihm folgte spottend die Schar seiner Brüder. Alexander kümmerte sich nicht um sie. Wußte er doch, daß sie kein Geld besaßen und daß sie knapp vor dem Eingang in den Zirkus umkehren würden! Wie aber war ihm, als er sah, daß sich seine Brüder teils durch die Reihen der Wartenden schlängelten, um ohne Karten hineinzukommen, und daß es ihnen auch gelang – teils die Erwachsenen baten, sie mitzunehmen, denn es stand jedem Erwachsenen frei, ein Kind umsonst auf einen Stehplatz zu führen –, teils aber auch so lange bettelten, bis sie das Eintrittsgeld beisammen hatten. Wie? sollte Alexander sein teures Geld für ein paar Pferde ausgeben, die ohnehin wild werden und über die Arena hinauf in den Zuschauerraum galoppieren konnten; während die andern kein Geld für dieses Vergnügen bezahlten und also das Vergnügen wirklich genossen? Alexander ärgerte sich so, daß er umkehrte und dem Vater von dem Treiben seiner Brüder berichtete. Dafür durfte er den neuen Anzug aus haltbarem Rips den ganzen Nachmittag behalten. Seine Brüder bekamen am Abend Prügel. Er hörte sie jammern, und jeder ihrer Schreie entzückte sein Herz.

Er wurde größer, verließ die Schule, obwohl ihm die Lehrer eine Karriere prophezeiten, wenn er sich entschlösse, weiterzustudieren. In Wirklichkeit hatte er für alle andern Dinge auf der Welt mehr Interesse als für Bücher und Wissenschaften. Gewiß wäre er ein Professor geworden, wenn man es von ihm verlangt hätte. Ich kenne, Ihr alle kennt derlei Professoren. Und in träumerischen Stunden, wenn Perlefter wehmütig wurde, äußerte er: «Wenn ich nicht meinem Vater Opfer gebracht hätte! – Was für ein Professor wäre ich heute!» Ja, er wäre ein Professor geworden. Welch ein Opfer!

Dem Vater lag nichts an einem Professor. Er schickte Alexander in eine Mehlhandlung. Da mußte man Säcke tragen. Alexander arbeitete nicht gerne schwer. Alexander war so fleißig, so manierlich, so gehorsam, daß man ihn zum Aufseher über die andern Sackträger machte. Bald durfte er ihnen den Wochenlohn auszahlen. Bald war er ein Teil jener Gewalt, der sie dienten und von der sie abhängig waren. Alexander bekam zwar nicht mehr Gehalt, aber er genoß mehr Ehren als andere seinesgleichen und war mit wenig Geld ein großer Herr. Andere Mehlhändler wurden auf ihn aufmerksam. Aber auch Getreidehändlern zu gefallen, hatte er das Glück. Er trat in ein großes Getreidegeschäft ein. Er wurde Direktor. Er hatte Gehalt, keinen Lohn mehr. Er beschloß zu heiraten. Denn die Ehe ist der erste Schritt zur geschäftlichen Selbständigkeit, und wem Gott eine Mitgift zuschanzt, der braucht sich um Verdienste nicht mehr zu sorgen. Es galt also, eine wohlhabende Frau zu suchen. Es gelang, sie zu finden. Dennoch spielte auch die Liebe dabei eine Rolle. Perlefters Braut war ein linkisches, nicht mehr junges und auch nicht hübsches Mädchen. Aber sie war immerhin ein Mädchen. Sie gehörte zu jener Gattung also, der sich Alexander immer respektvoll ferngehalten hatte. Hier hatte er es nicht mehr nötig. Das Mädchen kam ihm entgegen. Es wurde eine Art Liebe aus dem Verhältnis. Es führte zu einer Ehe, die man glücklich nennen konnte. Und weil Alexander Perlefter nicht sehr erfahren war, zeugte er wider Willen Kinder. Es wurden vier Kinder, und er war immer noch mit seinem Schwager in Kompagnie. Da traf diesen der Schlag. Er hinterließ eine Witwe. Sie war immer ein bißchen leichtfertig gewesen und der Familie ein unanständiger Greuel. Alexander beerbte seinen Schwager. Die Witwe verlor einen Prozeß. Perlefter zahlte ihr jeden Monat eine kleine Summe, aus freien Stücken, wie er jedermann gegenüber und immer betonte. Er sagte: «Ich verlange keine Dankbarkeit!» und verlangte sie. Die Witwe besuchte ihn, sie wurde eine Weißnäherin, Perlefter gab ihr Arbeit und empfahl ihr Kunden, reiche Händler aus seinem Bekanntenkreis. Für ihn arbeitete sie zehn Prozent billiger. Perlefter gestattete ihr, von den andern das Dreifache zu verlangen. «Herr Hahn kann zahlen!» sagte er. Aber der Herr

Hahn kannte auch die Preise und weigerte sich. Ja, er beklagte sich bei Perlefter über die unverschämten Forderungen der Witwe, und Perlefter sagte entrüstet: «Unverschämt! Dieser Person werde ich es sagen!» Aber der Person sagte er: «Ein schmutziger Geizhals, dieser Hahn!»

Es wäre wohl interessant genug, Herrn Perlefters Karriere genauer zu beschreiben. Allein, man ersieht schon aus seinen Anfängen, daß ein guter oder ein böser, jedenfalls aber ein Engel mit Verständnis für Kaufleute ihn auf seinem Wege begleitete, Hindernisse und Kompagnons wegräumte und der Vorliebe Perlefters für große und kleine Ersparnisse bereitwillig entgegenkam. Der Vollständigkeit halber teile ich noch mit, daß Perlefter Kommerzienrat wurde, angesehener Besucher der Börse, daß er einen Holzhandel en gros eröffnete und auf die großartige Idee kam, auch zwischendurch eine Verwertungsstelle für sein Holz zu gründen. Denn als er nach reiflicher Berechnung merkte, daß diejenigen, denen er das Holz verkaufte, fast mehr verdienten als er, beschloß er, sein eigener Abnehmer zu werden. Er dachte zuerst an ein Möbelgeschäft. Da konnte er einen seiner zahllosen armen Verwandten hinsetzen und das schlechte Holz zu guten Kleiderkästen verarbeiten. Dazu kam, daß sich um jene oben geschilderte Witwe gerade ein anständiger Tischler bewarb. Ein verwandter Tischler war gewiß billiger als ein fremder. Ein Möbelgeschäft war also nicht schlecht. Da brachte der Tod eines andern Schwagers Herrn Perlefter auf eine noch bessere Idee. Der Schwager starb an vernachlässigten Gallensteinen, hinterließ viel Geld und zwei unerfahrene

Töchter, die nicht imstande waren, die Vorbereitungen für das Begräbnis ihres Vaters zu treffen und deren sich der Herr Perlefter annehmen mußte. Er ging in ein Sarggeschäft und ärgerte sich über die hohen Preise. Aber er ärgerte sich nicht lange. Als er die Särge befühlte, stellte er mit großer Sachkenntnis fest, daß sie aus miserablem Holz bestanden. An Särgen verdiente man gewiß mehr als an Möbeln. Die Kunden einer Möbelhandlung waren junge Brautleute. Und aus eigener Erfahrung wußte Herr Perlefter, daß ein Glück und besonders ein Liebesglück niemals so überwältigend ist, daß man die Kritik verliert. Dagegen war anzunehmen, daß ein Unglück unkritisch machte und blind gegen die Fehler einer Ware, die ohnehin dazu bestimmt war, in der Erde zu faulen. Wer von allen Hinterbliebenen brachte es über sich, an dem Letzten zu sparen, das ein teurer Toter noch benötigte? Sicherlich machten die Sargläden glänzende Geschäfte, und die Statistik der letzten Jahre bewies, daß es mehr Todesfälle gab als Verlobungen. Und Perlefter gründete einen Sargladen. Der Tischler, mit dem sich die Witwe verheiratete, begann aus schlechten Fichten eichene Särge herzustellen. So sah sich Perlefter endlich von seiner freiwillig übernommenen Pflicht erlöst, die Näherin zu unterstützen, da er doch ihrem Mann Arbeit gab. Man sieht, daß auch der Tod fruchtbare Einfälle erzeugt.

So wuchs der Herr Perlefter immer mehr und mehr. Unter den Stützen der menschlichen Gesellschaft war er ein hervorragender Pfeiler. Verschiedenen Ehren konnte er nicht mehr entgehen, obwohl er behauptete, ihnen entgehen zu wollen. Er wurde Gemeinderat und Mitglied des liberalen und gemäßigten Parteiklubs. Ich bitte, diesen gemäßigten Parteiklub nicht zu unterschätzen, weder seine großartige Ausstattung noch die Ehrenhaftigkeit und den Charakter seiner Mitglieder, ihre Macht und ihren Besitz. Es waren Männer, so gediegen, so solide, so zuverlässig wie die breiten ledernen Lehnstühle, in denen sie saßen, rauchten und die Politik des Landes und der Welt besprachen. Es waren Gemeinderäte, Parlamentarier, Minister in spe und gewesene Minister. Innerhalb des Klubs gab es auch Standesunterschiede. Selbstverständlich mußte der Herr Perlefter einen Minister zuerst grüßen. Selbstverständlich war die Erwiderung des Ministers sehr herablassend. Nicht nur mittelmäßig gebildeten Kaufleuten, sondern auch Akademikern gegenüber, Männern von wissenschaftlichen Graden. Es gab mehrere Tische in diesem Klub, und an jedem saß eine gewählte Gesellschaft. Man erkannte die Gewichtigkeit eines Klubmitglieds schon daran, wie es die Diener behandelten, die sich, wie alle Diener der Welt, am besten auf Nuancen verstanden. Und obwohl der Herr Perlefter und seinesgleichen nicht immer zufrieden waren mit dem Benehmen der oberen Klasse, waren sie doch stolz auf diese und auf das Glück, mit ihr dieselben Räume benützen zu dürfen.

Es war, wie gesagt, ein Klub der gemäßigten Partei, die keine große Bedeutung im Lande hatte, aber Zeitungen, eine Menge Papier und geschickte Federn. Diese Partei war wie geschaffen für Alexander Perlefter. Sie war wie eine jener Brücken, auf denen er zu verweilen liebte, sie erforderte keine Entschiedenheit, keine gefährliche Tat, sie wirkte eher mäßigend, sie vermittelte, sie schuf keine entschiedenen Feindschaften, sie entsprach der Weltanschauung Perlefters, sie ließ Gott in Ruhe, die Fürsten, die reichen Leute, aber auch die Arbeiter, die Bettler, die Heimatlosen, die Zigeuner.

Man hätte annehmen können, daß in diesem Klub lauter Perlefters verkehrten. Aber dem war nicht so. Soviel ich sehen konnte, gab es nicht viele von der Gewöhnlichkeit Alexander Perlefters. Es war mir Gelegenheit geboten, ein paarmal in diesem Klub zu essen. Ich lernte einige Mitglieder kennen. Perlefter stellte mich ihnen vor. Dabei verfehlte er nicht, meine Begabung und meine Erfolge vor den Männern zu rühmen, mit denen er mich bekannt machte, obwohl er selbst von meiner Begabung und meinen Erfolgen nicht so viel hielt, wie er zu halten vorgab. Später vergaß er nicht, mir die Bedeutung, die Größe, den Charakter jener Männer mit Begeisterung zu schildern. Ich entsinne mich, daß weder der Herr Perlefter noch ich auf diese Leute irgendeinen Eindruck gemacht haben. Sie nickten freundlich, lächelten, man sah ihre gelben Raucherzähne und Goldplomben, und ihrem Gedächtnis entschwand ich, wie irgendein gleichgültiger Gegenstand, ein belangloses Plakat, die Nummer eines Taxis, das man benützt. Ich bemühte mich auch nicht, auf die großen und gemäßigten Männer Eindruck zu machen, wenn ich auch bestrebt war, mir ihre Gesichter und ihr Gehabe einzuprägen. So weiß ich, daß der Rechtsanwalt in Ehescheidungssachen, Herr Doktor Sigismund Grunewald, der einmal Grünewald geheißen hatte, einen Vollbart trug, der wie ein schwarzer, an den Rändern durch häufige Benutzung offenbar grau gewordener Teppichvorleger aussah. Er hatte ganz dünne Finger mit unwahrscheinlich starken Knöcheln, die wie Knoten aussahen oder veraltete Frostbeulen. Mit diesen weißen und unheimlichen Fingern strählte er oft seinen Bart, indem er sie spreizte und eine Art natürlichen Kamm aus ihnen machte. An dem Tische des Rechtsanwalts saß der gewesene Minister Lierecke, ein Mann, dessen buschiger Schnurrbart Ober- und Unterlippe verdeckte und der verstohlen die Finger an den Enden der Tischdecke zu trocknen liebte, wenn er sich vergaß. Ferner gab es im Klub den Blechdosenfabrikanten Simmwinger, einen grauen Herrn mit auffallenden und bunten, breiten Krawatten und hohen Stehkragen, in dessen Ohren weißlichgelbe Moosbüschel wucherten. Es verkehrte im Klub der Konditoreibesitzer und frühere Bäckermeister Ringelhardt, dem die drei größten Konditoreien der Stadt gehörten und der immer so laut sprach, als spräche er zu den Tausenden seiner Gäste in einem seiner überfüllten Lokale. Es kam in den Klub der pensionierte Major Grohl, ein kleiner Mann mit roter und poröser Nase, der, obwohl er Zivil trug, dennoch die Sporen an seinen Stiefeln nicht entbehren konnte und der immer in einer Wolke von silbernem Geklirr lebte und einen großen Schäferhund besaß, der auf den ungewöhnlichen Namen Kratt hörte. Es kamen ferner der Reichstagsabgeordnete Schundeler, ein junger Mann aus der Konfektionsbranche, der sich durch fleißiges Studium der Nationalökonomie und mehrerer Rednerkurse zu einem Vertreter des Volkes emporgearbeitet hatte. Ich entsinne mich des Tabakhändlers Zopf, des Uhrmachers und Juweliers Beständig, des Tattersallbesitzers Nessedolt, des Inspektors der Feuerwehr Teul, des Regierungskommissars Taklap und des jüdischen Rabbiners Bloch.

Alle diese Männer achtete Perlefter. Von allen Männern wurde er geachtet. Es gab verschiedene Grade dieser Achtung. Sie entsprachen den gesellschaftlichen Graden der Herren. Mit einigen duzte sich Herr Perlefter. Einige nannten ihn Freund. Aber es waren durchaus nicht alle seine Freunde, die er so bezeichnete. Wenn er zum Beispiel sagte: «Mein Freund, der Minister» – so stimmte es nicht. Es war anzunehmen, daß der Minister niemals sagte: «Mein Freund, der Kommerzienrat Perlefter.» Aber was machte das? Es war eine kleine Nuance. Denn in Wirklichkeit konnte keiner dieser Männer in Not geraten, ohne daß ihm sein Klubgenosse beigesprungen wäre. Sie liehen einander Geld, natürlich gegen Zinsen. Sie machten miteinander Geschäfte, aber nur, wenn jeder Beteiligte profitierte. Und so erhielten sie nicht nur ihr Wohlbefinden, sondern auch ihre Freundschaft. Denn wie können Gefühle verlorengehen, an denen der Mensch nur verdient, die ihn zumindest niemals etwas kosten?

Perlefters Zugehörigkeit zum Klub galt in seinem Hause als eine Auszeichnung und ein Rang. Frau Perlefter sagte oft zu ihren Gästen: «Im Klub meines Mannes!» ... Oder: «Wissen Sie schon, was gestern passiert ist? Mein Mann hat es im Klub gehört!» Sie sprach das Wort lang aus, sie dehnte den Vokal, daß sich die harmlose Bezeichnung fast unheimlich ausnahm, furchtbar, wie ein höchstes Strafgericht. Dagegen bemühte sich Perlefter selbst, von seinem Klub wie von etwas ganz Selbstverständlichem und Gewöhnlichem zu sprechen. «Ich gehe in den Klub!» sagte er so, wie einer sagt: «Ich fahre heute mit der Straßenbahn.» Und dennoch, wenn Perlefter Klub sagte, erfolgte eine Sekunde bedächtigen Schweigens am Tisch, und ich fühlte deutlich, wie jedes Familienmitglied für eine ganz kurze Weile stolz wurde und sich vorstellte, was alles in diesem Klub vorhanden sei. Es war fast, als träten alle vornehmen Klubmitglieder ins Zimmer. Nicht als ginge der Herr Perlefter in den Klub, sondern als käme dieser zu Perlefter.

Es gab für die Familie nichts, was nicht mit Hilfe des Klubs zustande kommen konnte. «Erkundige dich mal im Klub!» sagte Frau Perlefter. Galt es, einem Bekannten zu helfen, so sagte man: «Schau zu, ob du im Klub was ausrichten kannst!» Brauchte man die Hilfe der Polizei, so sagte man: «Sprich davon im Klub!» Perlefter selbst sagte oft: «Ich werde schaun, was sich im Klub machen läßt!» Oder: «Ich werde im Klub die Geschichte zur Sprache bringen.» Und nur in ganz schwierigen und verzweifelten Fällen hieß es: «Ich werde mit dem Redakteur Philippi sprechen.»

Der Redakteur Philippi war die letzte Instanz, und er war es mit Recht. Denn er bekleidete bei einem der größten Blätter die Stelle eines Handelsredakteurs. Niemand konnte ihm etwas nachsagen. Allen konnte er etwas nachsagen. Dennoch tat er es nicht oft. Er sah sehr dumm aus und war sehr schlau. Er trug einen kleinen gepflegten Spitzbart von unbestimmter, ein bißchen grünlicher Farbe. Seine großen sanften braunen Augen standen wie tote lackierte Kugeln. Er sprach nur, wenn er gefragt wurde. Sommer und Winter trug er Gummischuhe. Ein Zwicker baumelte an einem dünnen Bändchen über der geblümten Weste mit Perlmutterknöpfen. Er saß gerne am äußersten Stuhlrand. Es war, als wollte er am Sitz sparen. Er war ein Junggeselle. Man munkelte etwas von einem intimen Verhältnis mit der Wirtschafterin und zwei unehelichen Söhnen. Dieser Handelsredakteur war unbedingt geheimnisvoll. Man hätte ihn bestimmt nicht geliebt, wenn man ihn nicht so oft gebraucht hätte. Ja, man liebte ihn wahrscheinlich gar nicht, aber man brauchte ihn sehr oft. Er hatte «Einfluß». Er war die vornehmste Bekanntschaft Perlefters. Man gab ihm oft und laut den Titel «Redakteur», der gar kein Titel war. Oder man tat, als wüßte man nicht, daß er nicht Doktor war, und nannte ihn Herr Doktor. Er lehnte beide Titel ab. Er lächelte dumm mit seinen glotzenden Kugelaugen, aber seiner Dummheit war nicht zu trauen. Man sagte von ihm, daß er ein Ehrenmann sei. Er machte keine Geschäfte. Er lebte wirklich sehr bescheiden, er trug immer die Gummischuhe, um Stiefel zu sparen und weil seiner Meinung nach die Straßen so schmutzig waren.

Sagte ich es schon? Er gehörte zu den vornehmsten Besuchern des Hauses Perlefter. Denn obwohl der Herr Perlefter selbst auf Bildung so wenig gab wie auf Armut, obwohl er den Redakteur geringschätzte, weil dieser seine Beziehungen nicht auszunutzen verstand oder den Willen zeigte, tat er doch so, als stellte er auf der ganzen Welt nichts höher als ehrliche und begabte Armut und uneigennützige Größe. Perlefter pflegte die meisten Namen seiner Besucher lässig auszusprechen, mit deutlicher Ungeduld und wie etwas Nebensächliches. Dagegen legte er scharfes Gewicht auf den Namen Philippi. «Heute kommt der Redakteur Philippi!» kündigte Perlefter an. «Er hat seinen Besuch selbst angesagt!» Das stimmte nicht. Perlefter hatte ihm lange zugeredet. Dennoch glaubte die Familie, daß sich Philippi selbst darum bewarb, Perlefter zu besuchen. Und die Familie war stolz.

Man lud auch den Professor Strisower ein, den man kurz Professor nannte. Er war Dozent für orientalische Sprachen, Dozent seit dreißig Jahren und schwerhörig, umständlich, gebrechlich von Aussehen, aber gesund und ausdauernd. Er kam, erkannte die Leute nicht, verwechselte die Kinder, wunderte sich über natürliche Dinge und nahm das Merkwürdigste ohne Erstaunen hin. Man mußte ihn aus dem Mantel schälen, zu einem Stuhl führen, auf die Speisen und Getränke aufmerksam machen, die vor ihm standen. Er band sich die Serviette unter dem Hals fest, wie ein kleines Kind saß er und mahlte mit den Kiefern. Was man ihm sagte, überhörte er. Aber geizig und mißtrauisch horchte er auf jedes Wort, das am andern Ende des Tisches gesprochen wurde. Denn er fürchtete, es könnte von ihm die Rede sein und man machte sich über ihn lustig. Er wurde spät abends von seiner Haushälterin abgeholt, einer böse aussehenden, aber gutmütigen Frau, die, einen dikken Schal über dem Arm, im Vorzimmer auf den Professor wartete und wie eine Toilettenfrau in einer Ecke saß, Tee schlürfend und Kuchen kauend.

Der Herr Perlefter äußerte manchmal seine Meinungen über den Professor. «Ein armer alter Mann», sagte Perlefter. «Er hätte heiraten sollen. Er hätte Kinder, die für ihn sorgen, und eine Frau. Denn was ist der Zweck des Menschen auf Erden? Eine Familie zu gründen und glücklich zu werden, jeder nach seinen Möglichkeiten. Was hat er von seinem Leben? Und ist dabei ein berühmter Mann, dem die Welt viele Entdeckungen zu verdanken hat. Er gehört zu jenen, die man erst nach ihrem Tode zu schätzen anfängt. Seinen Kopf möcht ich nicht haben! Was alles in dem Kopf eines solchen Mannes vor sich geht! Der hat hundert Gedanken in einer Minute. Warum man die Gelehrten nicht besser bezahlt, möcht ich gerne wissen. Alle sind arme Schlucker!» schloß Perlefter seinen Monolog mit einem Bedauern, das ein Triumph war.

Manchmal sagte er plötzlich und als hätte ihn etwas aus schweren Gedanken erweckt: «Mein Sohn wird kein Professor werden!»

Nein! Es war kein Zweifel, daß Perlefter aus seinem Sohn keinen Professor machen würde. Er hatte großen Respekt vor den Professoren, aber er betrachtete sie mit jener Scheu, die man Heiligen und Eremiten entgegenbringt, Leute, die man verehrt, die man sogar über sich selbst stellt, die man aber bedauert und mit denen man um keinen Preis der Welt tauschen möchte.

Eine Ausnahme machten nur jene Professoren, deren Wissenschaft und Tätigkeitsfeld die Medizin war, die berühmten Operateure, die mit einem kleinen Messerschnitt Tausende verdienten, und jene Männer, die man bei Lungen- und Rippenfellentzündungen zu Konsultationen einlud. Zwei von diesen berühmten Männern gehörten offiziell der Partei Herrn Perlefters an. Aber man sah sie niemals bei öffentlichen Veranstaltungen; so wenig Zeit hatten sie; so viel Geld verdienten sie.

Zu den gebildeten Leuten, die man sonst noch achten mußte, gehörten die großen Rechtsanwälte, deren witzige und ergreifende Plädoyers man in der Zeitung las. Diese Verteidiger übernahmen zwar manchmal einen Prozeß umsonst, wenn es ein sehr schwieriger Fall war und wenn er Aussicht hatte, ein berühmter zu werden. Leider gab es ja nicht sehr reiche Raubmörder. Das tat Herrn Perlefter für die Rechtsanwälte leid. «Wenn ich so nachdenke», sagte er, «arbeitet ein so berühmter und hochbegabter Mann eigentlich sehr oft umsonst. Und wie muß er arbeiten, der Arme! Wieviel Verstand muß so ein Rechtsanwalt aufbringen! Der Staatsanwalt ist ja auch kein dummer Mensch, wie? Aber der Verteidiger muß tausendmal gescheiter sein. Er kann sogar einem Mörder selbst nachweisen, daß er gar nicht gemordet hat!»

«Ja», sagte ich zu Herrn Perlefter, «ist das in Ordnung? Kann man es zulassen, daß ein Mörder freigesprochen wird, nur weil sein Verteidiger gute Ausreden findet?»

«Er wird ja nicht freigesprochen!» erwiderte Perlefter.

«Wenn er aber doch freigesprochen wird?»

«Das kommt einmal in 10 Jahren vor!»

«Das ist ja oft genug!»

«Das ist sogar sehr selten!»

«Aber darüber streiten wir ja nicht!»

«Natürlich darüber! Ich sage: selten, du sagst: oft!»

Und so konnte Perlefter sogar hartnäckige Gegner zum Schweigen bringen. Er entschlüpfte den Argumenten. Er war gar nicht so dumm, wie er sich stellte. Er war wie aus Gummi. Er rollte sich zusammen, er kam dort wieder zum Vorschein, wo man ihn gar nicht erwartet hatte.

Im stillen hatte er eigentlich gar nichts gegen freigesprochene Verbrecher, wenn nur der Verteidiger ein schönes Plädoyer hielt. Das las er in der Nacht, bevor er sich schlafen legte, in der «Freien Zeit», dem großen Leitblatt, das zweimal täglich ins Haus kam und mit Vorliebe sentimentale und witzige Berichte brachte. Zuerst las Herr Perlefter den Handelsteil, für den der Redakteur Philippi verantwortlich zeichnete. Dann kam der tägliche Leitartikel an die Reihe, den Perlefter an manchen Tagen zweimal las. Der Leitartikel war immer anonym, aber alle Welt wußte, daß ihn der Herausgeber des Blattes, der Herr Brandstadt, persönlich schrieb. Diese anonyme Persönlichkeit nannte man niemals beim Namen, obwohl man sie kannte. Man sagte nur: «Er.» «Was schreibt *er* heute in der ‹Freien Zeit›?» fragte Herrn Perlefters Bruder, der nicht immer Zeit hatte zu lesen. «Ausgezeichnet schreibt er über Obligationen, das mußt du lesen!» erwiderte Herr Perlefter.

Wenn Herr Brandstadt aber die innere Politik behandelte, so sagte Perlefter: «Phänomenal, dieser Leitartikel, ein prachtvoller Artikel!» Er schloß sich ganz den Meinungen des Schreibers an. Brandstadt schrieb Perlefter aus der Seele. Der Herausgeber fand just jene Worte, an denen Perlefter würgte, die er nicht herausbringen konnte. Dennoch schien es Perlefter, sobald er den Artikel zu Ende gelesen hatte, daß ihm dieselben Worte schon einmal irgendwo entschlüpft waren. Davon war er befriedigt. Eigentlich freuten ihn die Worte des Herrn Brandstadt so, weil es Perlefters Worte waren. Er sagte oft: «Genau wörtlich dasselbe hab ich gestern zu Hahn gesagt. Heute steht es in der Zeitung.»

Was hatte er wörtlich zu Hahn gesagt? «Ich bin prinzipiell gegen Unruhen. Jede Unruhe verdirbt und schädigt mindestens den Geschäftsgang. Man muß nicht alles auf die Spitze treiben. Über alles läßt sich reden. Jeder Streit ist überflüssig. Man kann sich immer einigen. Ich will Ruhe um jeden Preis. Wir wollen alle Ruhe. Wir brauchen sie. Ich bin nicht für strenge Gegensätze. Reich und arm muß es geben. Aber die Reichen sollten die Armen unterstützen. Ich tu, was ich kann. Gott ist mein Zeuge!»

Nun stand ja diese Rede nicht wörtlich im Leitartikel der «Freien Zeit». Aber der Sinn war ohne Zweifel derselbe.

Perlefters politische Weltanschauung war immer die gleiche. So wie sie vor dem Krieg gewesen war, blieb sie auch später. Früher erwies Perlefter dem Kaiser den gebührenden Respekt. Er war zwar nicht in den Monarchen verliebt, aber er hielt die Monarchie für eine notwendige Angelegenheit. Der Krieg störte ihn, obwohl seine Verdienste immer größer wurden. Ja, ich muß es zu Ehren Perlefters gestehen, daß er den Krieg nicht gerne sah. Zwar war er enthoben. Er hatte nichts zu fürchten. Er fürchtete dennoch. Alles ging drunter und drüber. Wenn sich so ein Schreiber vergaß, konnte sogar Perlefter einberufen werden. Aus Irrtum zwar, aber das Unglück war dasselbe. Als ich einmal mit zwei Orden, die ich im Kriege bekommen hatte, zu Perlefter kam, führte er mich in den Klub. Es lag eine Zärtlichkeit in allen Worten, die er zu mir sprach. Er führte mich durch alle Räume und zeigte mich jedem, der mich nicht sehen wollte. Er war stolz auf mein Leid, ich sollte das Opfer spielen, das Perlefter der Allgemeinheit zu bringen hatte. Ich spielte es. «Wofür hast du die Orden bekommen?» fragte er. «Durchaus nicht für etwas Anständiges!» sagte ich. Da war Perlefter beleidigt. Er war so eitel auf meine Auszeichnungen gewesen, daß meine Geringschätzung ihn empörte. Dann wurde er wieder freundlich. «Aha, du bist bescheiden!» sagte er. «Nein durchaus nicht», erwiderte ich. «Aber es ist kein Verdienst, im Kriege ein Held zu sein!» – «Es ist aber doch nun einmal Krieg!» seufzte Perlefter. Und war wieder einmal in einem Dialog der Stärkere gewesen.

Vor der Revolution hatte er Angst. Würde man sozialisieren? Den Reichen alles wegnehmen, wie in Rußland? Es erwies sich doch, daß die Monarchie das Sicherste war. Wenn es nach seinen Ansichten gegangen wäre, hätte man den Kaiser gelassen und dennoch Frieden geschlossen. Als er sah, daß man nicht sozialisierte, gefiel ihm auch die Republik. Am liebsten kümmerte er sich nicht mehr um die Politik. «Ich habe jetzt andere Sorgen!» sagte er. Aber er hatte keine Sorgen. Er kaufte ein großes Hotel. Es war eines der besten Geschäfte seines Lebens. Aber er seufzte: «Ach, dieses Hotel! Wozu hab ich das noch gebraucht! Lauter Kummer bringt so ein Hotel!» Es brachte ihm nur Geld. Er gab einen Eröffnungsabend. Seine Klubgenossen, die einmal Minister werden wollten, waren jetzt Minister geworden. Sie hatten zwar keine großartigen Titel mehr, aber Ämter, deren Bezeichnung immer noch der schönste Titel war. Auch der Redakteur Philippi kam. Wochenlang sprach man in der Familie Perlefter nur von diesem Fest. Sollten die Kinder auch hingehn? Oder Frau Perlefter allein?

Frau Perlefter ging allein hin. Sie hatte sich ein dunkles und dennoch jugendliches Abendkleid machen lassen. Sie hätte am liebsten vor Freude geweint, als sie die glänzende Tafel und die glänzende Gesellschaft sah.

Sie kam erst am nächsten Tag zum Weinen. Denn sie hatte vor Aufregung eine wertvolle Brosche verloren. «Das ist ein unersetzlicher Verlust!» sagte Perlefter. Er ließ seine Frau einen Tag lang weinen. Als er sah, daß sie kein Abendessen vorbereitet hatte, wurde er milde. Und er kaufte eine neue Brosche.

Nichtsdestoweniger kam der Arzt. Frau Perlefter hatte ein nervöses Herz. Der Verlust hatte sie erschüttert. Sie mußte Brom nehmen und konnte dennoch nicht schlafen. Perlefter war aufrichtig betrübt. Er liebte nicht die Unruhe, die Unordnung, die frei und wild gewordenen Dienstboten, und die Kommandos, die seine Frau vom Bett aus erteilte, machten ihn scheu. Er wollte das Haus verlassen.

Aber er verließ das Haus nicht. Denn im Grunde seiner Seele lauerte die Furcht vor einer noch schlimmeren Krankheit, die seine Frau befallen konnte.

Er blieb zu Hause. Er suchte Trost im Unglück. «Man kommt niemals zur Ruhe!» klagte er erfreut. Ja, er war aufrichtig fröhlich, indem er klagte.

3

Es geschah um diese Zeit, daß der Verein zur Hebung des Fremdenverkehrs auf das segensreiche Wirken Perlefters aufmerksam wurde und infolgedessen beschloß, ihn zum Ehrenmitglied zu ernennen. Ein Ehrenmitglied hat, wie Ihnen bekannt sein dürfte, keine Verpflichtungen, aber viele Rechte. Perlefter teilte diesen Aufstieg seufzend mit. «Das ist wieder eine Sache, die Geld kostet!» sagte Perlefter; obwohl es eine Sache war, die gar kein Geld kostete. Es war im Gegenteil eine Sache, die viele Bequemlichkeiten mit sich brachte. Herr Perlefter bekam immer Schlafwagenplätze; für die Ehrenmitglieder des Vereins zur Hebung des Fremdenverkehrs waren Plätze reserviert. Herr Perlefter bekam Lust zu reisen.

Er liebte es, seinen Aufenthaltsort häufig zu wechseln. Er liebte es zu reisen. Am liebsten hätte er einmal eine Fahrt in fremde Zonen gewagt, wenn er imstande gewesen wäre, etwas zu wagen. Allein, er wagte nicht gerne, wie man schon aus dem Vorhergegangenen weiß. Er machte niemals eine Reise, ohne zu wissen, daß die Rückkehr wahrscheinlich und leicht war. Und er fuhr niemals fort, ohne eine geschäftliche Notwendigkeit als Grund anzugeben. Er hätte sich geschämt, so, aus reiner Lust an der Eisenbahn, in die Welt zu fahren. Er hätte sonst zugeben müssen, daß ihm die Reise Vergnügen bereitete. Aber er wollte zur Fahrt gezwungen scheinen.

Er wollte sagen können: «Ich muß schon wieder fahren! Ach, dieses Fahren, fortwährend!» Es war ihm lieb, daß seine Familie mit Betrübnis noch einmal fragte: «Kannst du denn die Reise nicht aufschieben?» Und Perlefter erwiderte: «Leider muß ich nächste Woche fort. Wenn ich nicht müßte! Meinetwegen brauchte es überhaupt keine Eisenbahn auf der Welt zu geben. Es ist mir am sichersten zu Hause. Das Reisen kostet nur Geld und bringt gar nichts ein! Man wälzt sich in fremden Betten ganze Nächte schlaflos, ärgert sich mit dem Pack herum, gibt Trinkgelder und hat gar keine Bequemlichkeiten.»

In Wahrheit aber hatte Perlefter nirgends so viele Bequemlichkeiten wie im Hotel, auch wenn seine Trinkgelder nicht hoch bemessen waren. Er liebte den Überfluß an warmem Wasser und weißer Wäsche, das Frühstück in einer großen und teppichbelegten Halle, er liebte die Salonmusik zum Fünf-Uhr-Tee und das Getriebe der großen Welt, das Geheimnisvolle der fremden Menschen und diese Atmosphäre, aus der jeden Augenblick ein Abenteuer entspringen konnte.

Ein Abenteuer? War Perlefter ein Abenteurer? Hatte er nicht Furcht vor Abenteuern?

Ich möchte hier eine allgemeine Betrachtung über die verwickelte menschliche Natur einschieben. Es kann jemand ein sehr ängstliches Gemüt haben und dennoch ein Vergnügen an seiner eigenen Ängstlichkeit empfinden. Ein Mensch kann feige sein und sich nach Situationen sehnen, in denen sein Mut auf die Probe gestellt wird. Ja, es ist sogar wahrscheinlich, daß die Menschen das herbeisehnen, was sie fürchten. Sehr sonderbar sind die Menschen.

Und wenn Perlefter auch ein sehr gewöhnlicher Mensch war, so war er doch ein sehr sonderbarer. Er wollte nämlich nicht gewöhnlich sein. Er wollte vielmehr ein Held sein. Er wollte jede Situation beherrschen können; und ich weiß es ganz bestimmt, daß er selbst am meisten unter seiner Feigheit zu leiden hatte. Er selbst wußte nicht, wie sehr er litt. Er wollte Bewunderung und mußte sich begnügen, bedauert zu werden.

Was erwartete er eigentlich für Abenteuer? Oh, es war nichts Bestimmtes! Es hätte ein Überfall sein können, ein Diebstahl, ein merkwürdiger Brief. Allen Menschen, denen Perlefter auf seinen Reisen begegnete, mißtraute er. Ihn schauderte, wenn er in der Zeitung von Räubern las. Es gab kein harmloses Gesicht auf der Welt. Alle Gesichter waren Masken. Fielen sie, so kamen die mörderischen Fratzen zum Vorschein. Deshalb reiste Perlefter nicht gerne allein. Auf dem Bahnsteig sah er sich nach Bekannten um. Fand er einen mit demselben Reiseziel, so wäre er imstande gewesen, jenem ein Viertel seines Vermögens zu schenken. Einem Reisegenossen gab der Herr Perlefter seine ganze Zärtlichkeit. Er zwang jeden, den er im Zuge traf, in sein Abteil. Auch ich bin schon mit Perlefter gefahren.

Perlefter war ein sehr nervöser Reisender. Er ertrug es nicht, von den Gegenübersitzenden angesehen zu werden, solange er sie nicht kannte. Deshalb hüllte er sein Gesicht in den Mantel. Sobald er das Coupé betrat, legte er eine Reisemütze an, eine grünkarierte

Reisemütze. Die hatte oben einen Knopf, der lose geworden war und schief lag, wie ein Toter. Dann vertiefte er sich in die Zeitungen. Nur, wenn er reiste, las er auch Zeitungen anderer Parteien. Dann ärgerte er sich, und er sah zum Fenster hinaus. Hier interessierte ihn die Natur.

Ja, Sie werden es mir vielleicht nicht glauben. Ich versichere Sie: Perlefter war ein Naturschwärmer. Er begab sich in den Korridor, preßte die Stirn gegen die Fensterscheibe und wurde wehmütig, wenn er die weiten Felder sah, ganz gleichgültig, ob sie noch Ähren trugen oder schon gemäht waren. Auch die Schneelandschaften machten ihn traurig. In der Frühe liebte er den Sonnenaufgang, die Nebel, die sich vom Boden langsam erhoben und schnell zerflatterten. Dann dachte Perlefter wahrscheinlich an eine selige Ferienzeit, in der er ein Stückchen Acker bebauen könnte. Er hatte die Sehnsucht der Städter nach dem Lande, die auf einer Wiese liegen wollen, aber ohne Wasserklosett nicht leben können.

Ganz besonders Perlefter hätte ohne dieses hervorragende Merkmal der Zivilisation nicht leben können. Er hatte einmal von verschiedenen Ansteckungsmöglichkeiten gelesen, und er fürchtete sich vor öffentlichen Bedürfnisanstalten. Er mied sie, solange er im Zug saß. Wenn er aber dennoch hinausgehen mußte, so traf er eine halbe Stunde lang allerhand Vorbereitungen. Er nahm Seife, Handtuch, eine Lektüre und Kölnisches Wasser mit und ging zuerst mit dem Päckchen in der Hand alle Toiletten kontrollieren. Er suchte die sauberste für seine Zwecke, und wenn er wiederkam, sah er wie neugeboren aus, frisch gewaschen und heiter und nach Seife duftend, eine neue Zigarre zwischen den gespitzten Lippen.

Die Mitreisenden bereiteten ihm großen Kummer. Sie rauchten zuviel, oder sie machten die Fenster auf, und dann entstand jener gefährliche Zugwind, von dem Perlefter behauptete, er hätte schon manchem unterwegs das Leben gekostet. Auch zu Hause kontrollierte Perlefter den Zugwind. «Es zieht!» sagte er unvermittelt, er fürchtete das «Ziehen», und er bildete sich ein, daß ihn die Zugwinde verfolgten. Oh, was konnte nicht alles von den Zugwinden kommen! Zahnschmerzen, ein Hexenschuß, Augenentzündungen, Ohrensausen, Halsweh, sogar Lungenentzündungen und, wenn es auf der Toilette zog, eine Magenerkältung, ein Darmkatarrh und Diarrhöen. Perlefter kannte sich in allen Krankheiten aus, denn er fühlte sich von ihnen befehdet und umringt, er studierte sie, um sie bekämpfen, abwenden und um ihnen vorbeugen zu können. Er las gerne im Lexikon und in populären medizinischen Broschüren.

Manchmal «flog ihm etwas ins Auge». Es wurde eine umständliche Operation mit sauberem Taschentuch und Wasser und Handspiegel. Dann kamen allerdings Bedenken wegen der Sauberkeit des Taschentuches. Perlefter suchte sie in einem kurzen Schlummer zu vergessen.

Das waren so kleine Aufregungen. Die großen Abenteuer blieben aus. Nachträglich wuchsen in der Erinnerung Perlefters die kleinen Aufregungen zu größeren Abenteuern. Da konnte er erzählen: «Neulich, wie ich zum Fenster hinaussehe, fliegt mir ein kieselgroßes Kohlenstück ins rechte Auge. Jeder andere wäre in der nächsten Station ausgestiegen, um einen Arzt aufzusuchen. Ich aber lege mich schlafen, fühle im Schlaf, wie mein Auge zu tränen beginnt und gar nicht aufhören will, und, wie ich aufstehe, ist das Kohlenstück weg, einfach wie fortgeblasen!» «Welch ein Glück!» jubelte dann die Familie.

Es gab Abenteuer, von denen Perlefter in der Familie nichts erzählte. Man wird sofort wissen, welcher Art diese Abenteuer waren, wenn ich hinzufüge, daß er über sie nur in der Gesellschaft von Männern sprach, oder, was richtiger ist, plauderte.

Ich berühre hier ein Gebiet, das sehr verwickelt ist und das ich am liebsten ganz außer acht gelassen hätte, wenn es nicht so ungemein wichtig und für die Erkenntnis der Perlefterschen Gewöhnlichkeit nicht geradezu unentbehrlich wäre. Ja, ich hätte am liebsten das Ganze außer acht gelassen. Denn ich schäme mich, von den eigentlichen und wichtigsten Abenteuern des Herrn Perlefter so vor der ganzen Öffentlichkeit zu sprechen und Dinge zu enthüllen, die nur in der Verborgenheit vor sich gehen. Aber nicht allein die Scham hindert mich; ich gestehe, daß ich nicht abschätzen kann, ob es mir gelingen wird, das Abenteuerlichste im Leben meines Helden nicht nur glaubhaft darzustellen, sondern auch allgemein verständlich zu erklären und zu begründen. Ja, es ist sogar mir selbst rätselhaft geblieben, woher Perlefter den Mut nahm, Vergnügungen zu suchen, die eigentlich Gefahren bedeuteten, und, was noch schlimmer ist, sich Gefahren auszusetzen, die Geld kosteten.

Denn sie kosteten Geld. Perlefter war keineswegs so verführerisch, daß sich ihm die Frauen an den Hals geworfen hätten. Nein! Perlefter mußte alles weit über den Wert bezahlen. Und dennoch scheint es in der menschlichen Natur begründet zu sein, daß ihr Trieb zur Liebe stärker ist als ihr Trieb zur Sparsamkeit. Wahrscheinlich verlieren selbst so ängstliche Menschen wie Perlefter jede Angst, wenn die Stunde ihrer Leidenschaft geschlagen hat. Und gewiß ist die Tugend eines Mannes nicht seine verläßlichste Begleiterin. Das ganze kunstvolle und mühselige Gebäude der Sittlichkeit stürzt in einer einzigen Stunde zusammen. Wunderbar ist nur, wie leicht es sich wieder zusammenfügen und erheben kann.

Perlefter hatte oft jene Stunden, die man «schwache» nennt und die eigentlich seine stärksten waren. Perlefter hatte Verlangen nach Frauen. Zum Glück gab es in der Welt Frauen, die Verlangen nach Geld hatten. Und zum Glück besaß Perlefter Geld.

Ich bin mit Perlefters Geschmack vertraut genug gewesen, um sagen zu können, daß er an der Frau die Menge liebte, den Umfang und das Gewicht. Er gab den Blonden den Vorzug vor den Braunen und Schwarzen. Vielleicht, ja sicher machte er keinen Unterschied zwischen der künstlichen und der natürlichen Blondheit. Ja, er wußte nicht einmal, ob er es mit einer künstlichen oder natürlichen Blondheit zu tun hatte; wie er überhaupt ein Farbenblinder genannt werden konnte, weil er die Schminke nicht merkte, die Röte der Lippen für Blutreichtum hielt und die entwickelte Technik der Liebe für natürliche Leidenschaft.

Der Leser wird mit Recht fragen, wieso Perlefter dazu kam, gefährliche Situationen heraufzubeschwören. Aber die Situationen gewannen Macht und Gewalt über Alexander Perlefter. Er konnte nicht widerstehen. Er wurde von den Gelegenheiten ergriffen.

Er wurde von jeder Gelegenheit ergriffen. Er liebte die Frauen, aber noch mehr und eigentlich das, was die Frauen ankündigt und was sie umhüllt. Er liebte die Frauenkleider. Und von den Kleidern wieder eine bestimmte Art: Er liebte die Wäsche. Gewiß hätte er keiner Frau widerstanden, die ihm in Unterhöschen erschienen wäre. Denn er widerstand nicht einmal den Zeitschriften, die auf ihren Titelblättern kolorierte Frauen in halber Kleidung zeigten. Diese Literatur begleitete Herrn Perlefter auf seinen Reisen, sie regte seine Phantasie an und bereitete jene Stimmung vor, die nötig ist, damit das sittliche Fundament des Mannes wanke, stürze und ihn selbst mit sich fallen lasse.

In verschiedenen Städten kannte Herr Perlefter die Adressen alleinstehender Damen, die als Masseusen, Hebammen und Besitzerinnen von Schönheitssalons in Betracht kamen. Die Adressen notierte Herr Perlefter in Abkürzungen, die kein Fremder entziffert hätte, in seinem ledernen Taschenkalender, auf die vorletzte Seite, knapp hinter den israelitischen Feiertagen. In jeder Stadt hatte Perlefter ein bestimmtes Hotel, einen ganz bestimmten Friseur, eine ganz bestimmte Leidenschaft. Er zahlte gern und mäßig. Immerhin mußte er es über sich bringen, die Dame in ein Theater, ein Konzert, ein Kino, eine Oper einzuladen, um das Abenteuer vollkommen zu gestalten.

Allein, Perlefter hatte kein Interesse für öffentliche Darbietungen aller Art. Alles, was er im Theater sah, regte ihn auf, weil es ihn nichts anging, das Kino haßte er, denn es war sehr dunkel, und er fand, daß man für den Genuß, den agierende Schatten boten, eigentlich zuviel bezahlen mußte. Musik wirkte auf ihn wie auf Hunde. Er wurde wahnsinnig vor Schmerz. Er konnte auch das harmlose, aber ausführliche Klavierspielen seiner Tochter nicht vertragen, obwohl ihr Lehrer versicherte, daß sie Talent habe. Perlefter wollte absolute Ruhe um sich. Musik verwirrte seine Gedanken, seine Pläne für die nächsten Stunden. Sie schwächte seine Lust, seinen Appetit, alle seine körperlichen Begierden, betäubte ihn, schläferte seine Kritik ein. Fremde Schicksale, auch wenn es nur gespielte waren, gingen ihn nichts an. Er liebte nur seine eigenen, nur um sich konnte er sich kümmern. Er war von sich erfüllt. Nichts hatte mehr Platz in ihm. Alles andere kostete übrigens nur Geld. Mit gewöhnlichen Sitzen konnte man sich nicht begnügen. Perlefter mußte Logen kaufen.

Aber so groß und so vielfältig auch die Schmerzen waren, mit denen sich der reisende Perlefter seine Genüsse erkaufen mußte, der heimgekehrte Perlefter wußte nur noch von Genüssen und nichts mehr von Schmerzen. Das Glück lag im Leid verhüllt, dieses fiel in der Erinnerung ab wie eine Schale, der bittersüße Geschmack des Kerns blieb längere Zeit. Perlefter vergaß die Ausgaben, die Theater, die Konzerte, die Opern und die Kinos. Er entsann sich nur noch der blonden Frauen, und nur von ihnen erzählte er. Und obwohl es fast immer dieselben waren, schien es ihm, als wären es immer neue, immer zufällige und rätselhafte Bekanntschaften. «Plötzlich», so erzählte er ein paar interessierten Freunden im Klub, «setzt sich an meinen Tisch, grad mir gegenüber, eine große Blondine, eine Blondine mit Kraushaaren, im ausgeschnittenen Kleid, ein blendend weißer Hals, und von der Büste sag ich lieber gar nichts! Sie bestellt ein Kaviarbrötchen, und wie sie ißt, sag ich Ihnen, und wie sie fortwährend zu mir herüberschaut, merk ich, wieviel es geschlagen hat. Nun, und das Weitere brauch ich Ihnen nicht mehr zu erzählen.»

So genoß Perlefter eigentlich weniger seine Erlebnisse als die Erinnerungen an seine Erlebnisse. Während er sie wiederkäute, erzählte, den wehmütigen Glanz um sie wob, den man aus den Erinnerungen schöpft und mit dem man sie umkleidet, wurde er erst zum kühnen Abenteurer, Fraueneroberer und Herzensbrecher. Sobald er heimgekehrt war, entzückten ihn sein Mut und seine Taten. Während er unterwegs nach seinem Taschenkalender eroberte, hörte er sich schon von den Eroberungen erzählen, erlebte er schon seine Erinnerungen, und eigentlich nur der Erinnerungen wegen beging er Abenteuer. Er glich einem Menschen, der für sein Tagebuch lebt. Perlefter aber führte kein Tagebuch.

Ja, er liebte das Reisen. Es läßt sich allerdings nicht leugnen, daß er auch verschiedene Ängste auszustehen hatte. Obwohl er es niemandem sagte, obwohl er, wenn es darauf ankam, wie ein Freigeist sprach, den Aberglauben seiner Frau, der Köchin, der Töchter verspottete, war er selbst abergläubisch. Er fürchtete sich vor Eisenbahnzusammenstößen, besonders wenn der Träger, der ihm die Gepäckstücke abnahm, zufällig die Nummer 13 trug. Wenn der Herr Perlefter das Abteil bestieg, war seine erste Sorge: nur kein Zusammenstoß. Ferner suchte er mit den Augen sofort die Notbremse. Gewöhnlich ging er noch vor dem Einsteigen die Lokomotive besichtigen. Er verstand nichts von Lokomotiven. Dennoch freute er sich über die großen starken Räder, die glänzenden Buchstaben und Ziffern, die Hebel, die Schrauben, die Ventile, und er suchte zu ergründen, ob es eine Maschine letzter Fasson oder vorletzter war. Hatte ihn die Untersuchung der Maschine auch beruhigt, so war er doch noch lange nicht sicher. Fremde Züge konnten kommen, Signale und Weichen falsch gestellt werden, die Lokomotivführer betrunken sein. Perlefter betete innerlich, stumm, kurz, aber heftig.

Da ereignete sich plötzlich etwas Außerordentliches. Als Perlefter seine Fahrkarten bestellte, erklärte ihm das Büro des Vereins zur Hebung des Fremdenverkehrs, daß es jetzt Gelegenheit gäbe, mit dem Aeroplan zu fliegen. Ob der Herr Perlefter nicht fliegen wolle? Es wäre ein Propagandaflug und von außerordentlicher Bedeutung, wenn Perlefter ihn mitmachen wollte.

Herr Perlefter sagte sofort zu. Ja, er wußte nicht, wieso er dazu kam, sein eigener Mut hatte ihn überfallen. Eine Minute später war er so erschrocken, als hätte sich der Tod persönlich bei ihm angekündigt. Was hatte er nur getan? War er ein Pilot? Wie kam er dazu, sein Leben zu gefährden für einen Verein, der ihn gar nichts anging? Es tat ihm leid. Und dennoch hatte er Furcht zu widerrufen. Er war im Begriff, ein Held zu werden, aus Angst. Ich habe mir sagen lassen, daß es vielen Helden so ergangen ist.

Am Nachmittag kam ich Herrn Perlefter besuchen. Es war vier Uhr vorbei. Man hatte ihn schon um drei Uhr erwartet. Erst um fünf kam er. Er war nicht wiederzuerkennen. Auf dem Kopf trug er eine braune Lederhaube. Eine grüne große Brille mit eckigen Gläsern lag auf seiner Stirn. Er kam lächelnd ins Zimmer, in dem alle um den Tisch saßen und Schokolade tranken. Alle standen erschrocken auf. So hatte man den Herrn Perlefter noch niemals gesehn.

Er setzte sich sofort, sprach laut, trank und aß mehr als gewöhnlich und erzählte von seinem Flug.

«Ich mußte einfach, ich konnte nicht anders!» sagte er. «Das sind die Folgen der Ehrenämter. Noch einmal übernehme ich nichts. Ich verzichte auf solche Ehren, die mit Lebensgefahr verbunden sind! Es wird ein Propagandaflug sein. Drei Aeroplane steigen auf. Ich sitze im ersten. Hoffentlich geschieht nichts.»

Frau Perlefter begann leise zu schluchzen. Sie wollte absagen. Die Kinder ließen sie nicht zum Telefonapparat. Man rief im Laufe des Abends alle näheren und weiteren Verwandten der Familie an, um ihnen von Perlefters Unternehmen ausführlich zu berichten. Frau Perlefter ließ heimtückisch den Hausarzt kommen. Perlefter ließ sich noch um neun Uhr abends untersuchen. Der Arzt sagte: «Nicht zuviel essen, auch nicht zuwenig. Das Herz ist in Ordnung. Schauen Sie nicht zum Fenster hinaus, damit Sie nicht seekrank werden.»

Es gab in der Familie einen Ingenieur, einen netten jungen Mann, der von Flugzeugen gar nichts verstand, weil er nur für Architektur Interesse hatte. Dennoch mußte er im Hause Perlefter bei allen technischen Gelegenheiten eingreifen. Er war gezwungen, Uhren zu reparieren, elektrische Leitungen, Telefonapparate und die Kanalisation zu kontrollieren. Perlefter hatte ihn nämlich einmal unterstützt. Die hervorragendste Tugend des jungen Mannes war die Dankbarkeit.

So kam er auch denn jetzt. Man gab ihm eine Tasse Schokolade. Dafür hielt er einen Vortrag über die Luftfahrzeuge. Er selbst hätte im Kriege zu den Fliegern kommen sollen. Aber ehe er noch ausgebildet war, schloß die Welt Frieden. Der junge Mann erzählte Anekdoten von den Fliegeroffizieren. Es beruhigte die Familie Perlefter, einen jungen Mann zu sehen, der lebendig, gesund und unversehrt Schokolade trank, obwohl er fast ein Flieger geworden wäre.

Man verständigte ferner den Rechtsanwalt der Familie, den Doktor Nagl, einen schnauzbärtigen Advokaten, der eine Vorliebe für Dienstmädchen hatte und seinen Weg immer durch die Küche nahm. Der kam, erklärte die Haftpflichtbestimmungen der Fluggesellschaft und riet, kalt und herzlos, wie einmal Juristen schon sind, zu einem Testament. Die Frau Perlefters begann wieder zu schluchzen.

Von den Verwandten kam noch, ohne verständigt worden zu sein, die arme Näherin, die ihren Tischler geheiratet hatte. Sie wagte nicht, nach dem Grund der allgemeinen Aufregung zu fragen. Obwohl alle wieder Schokolade tranken, gab man ihr einen Tee und tat, als suchte man nach einer Zitrone. Aber an diesem Abend waren die Zitronen ausgegangen. Sie trank dennoch tapfer einen alten und etwas abgestandenen Tee mit hellen Schaumperlen am Glasrand.

Man kümmerte sich nicht um die Näherin. Der Herr Perlefter legte sich auf ein Sofa und rauchte. Heute ließ er die Asche mit Wollust auf den Teppich fallen, und seine Frau gönnte es ihm. Vielleicht dachte sie, daß er zum letztenmal so angenehm auf dem Sofa liegen dürfe.

Perlefters Gedanken aber kreisten um die nächste Zukunft. Er sah seine auseinandergefallenen Knochen, sah, wie man sie sammelte und schließlich verbrannte. Denn Perlefter hatte im Testament bestimmt, daß man seine Überreste verbrennen solle. Er hatte Angst vor Friedhöfen und besonders vor winterlichen Friedhöfen. Wenn er sich vorstellte, daß er als Leichnam unter meterhohem Schnee liegen sollte, kam es ihm vor, als stünde er ohne wollene Weste im Freien. Er wollte lieber verbrannt sein als frieren.

Perlefter dachte auch bestimmt an das Jenseits. Denn er erhob sich plötzlich vom Sofa, winkte mich ins Nebenzimmer und sprach: «Du könntest mir einen Gefallen erweisen. Vor zwei Wochen habe ich gehört, daß die Frau unseres Vetters Kroj an Lungenentzündung erkrankt ist. Nimm hier Geld und trag es heute noch hin! Hast du Zeit?»

«Ja», sagte ich, «ich habe nur Zeit, wenn ich dem Kroj viel Geld bringen kann. Übrigens ist Frau Kroj vielleicht schon tot?»

«Ausgeschlossen!» rief der Herr Perlefter. «Sicherlich lebt sie noch!»

«Wenn sie aber doch tot ist?»

«Was dir nicht einfällt! Sie kann ja nicht tot sein! Man stirbt nicht so leicht!»

«O ja, man stirbt leicht an Lungenentzündung!»

«Hör auf», schrie Perlefter, «mit so ernsten Dingen macht man keine Witze!»

Dann trug ich das Geld zu Herrn Kroj.

Kroj war ein Flickschuster. Die Familie Perlefter ließ bei ihm alle alten Stiefel besohlen. Sehr oft meinte der Herr Perlefter, Kroj verlange zuviel und der fremde Schuster im Nachbarhaus wäre bedeutend billiger. Dennoch gingen alle zerrissenen Schuhe wie selbständig zum verwandten Schuster Kroj. Es war die Sehnsucht seines Lebens, einmal für Herrn Perlefter persönlich ein Paar Schuhe herstellen zu können. Perlefter aber deckte seinen Bedarf bei der Karlsbader Firma Leiduck und Co.

Als ich zum Schuster Kroj kam, roch es nach Essig, Leder und Schweiß. Hinter einem Verschlag lag die Frau Kroj und stöhnte. Die Ladenglocke schrillte, und Kroj kam in Pantoffeln.

«Ei sieh da», sagte Kroj, «ein Gast.»

«Was macht Ihre Frau?» fragte ich.

«Sie kostet schon mehr Geld, als ich habe. Sechs Wochen ist sie krank!»

«Ich dachte, nur zwei Wochen? Haben Sie nicht vor zwei Wochen Ihrem Vetter Perlefter geschrieben?»

«Nein, ich habe ihm schon vor sechs Wochen geschrieben. Er hat mir nicht geholfen.»

«Er schickt Ihnen hier Geld!»

«Oh, wirklich? Er ist ein feiner Mann!»

Dann ging ich wieder zu Perlefters. Perlefter selbst stand auf dem Balkon seines Hauses, um mich zu erwarten. Er rief mir zu: «Lebt sie noch?» «Ja, sie lebt!» schrie ich zurück.

Als ich hinaufkam, strahlte Perlefter vor Freude, Jetzt war er überzeugt, daß ihm nichts passieren könnte, und wenn er über den Ozean flöge in einem brennenden Luftschiff. Er führte mich ins Herrenzimmer, wir tranken Wein, und Perlefter sagte: «So ist das Leben!»

Aber wir hatten gar nicht über das Leben gesprochen.

Am nächsten Morgen ging ich zum Flugplatz. Frau Perlefter mit allen Kindern war da, der Doktor Nagl, der junge Mann, der nicht Flieger geworden war, und der Chauffeur, der einen Pelz in den Aeroplan legte. Frau Perlefter hatte rote Augen. Der Herr Perlefter stand neben dem Piloten, er sah dem Piloten zum Verwechseln ähnlich. Die anderen Passagiere kamen in gewöhnlicher Kleidung. Sie hielten Perlefter für den Piloten und fragten: «Alles in Ordnung?»

Herr Perlefter lächelte, und da erkannten ihn alle. Die Herren hatten einander schon irgendwo kennengelernt. Sie waren durchwegs Ehrenmitglieder. Sie wunderten sich über Perlefters Ausrüstung und fragten, ob er schon oft geflogen sei.

«Heute zum sechstenmal», sagte Perlefter mit Bestimmtheit.

Um zehn Uhr begann der Propeller zu rasen, und Perlefters Nachkommen wurden von dem Wind zu Boden gerissen. Die Herren stiegen ein, zogen ihre Taschentücher und winkten. Aber die Aeroplane rührten sich nicht. Die Propeller hörten auf zu rasen. Da stiegen alle wieder aus.

Es war sowohl den Reisenden wie ihren Begleitern sehr peinlich, daß die Aeroplane noch immer nicht aufsteigen wollten. Der Herr Perlefter küßte noch einmal seine Frau, dann gab er dem Chauffeur die Hand, denn er glaubte, daß Leutseligkeit am Leben erhalte. Der Chauffeur war sichtlich überrascht. Schließlich knatterte es wieder, die Herren winkten endgültig, Perlefters rundes Gesicht sah aus dem Fenster. Ich werde es nie vergessen.

Seine Frau schluchzte auf, sie wollte noch einen Blick auf ihren Mann werfen, aber der war inzwischen dreihundert Meter hoch gestiegen. Alle reckten nun die Hälse nach den fliegenden Ehrenmitgliedern, dann verschwanden die großen Vögel hinter einer Mauer aus roten Ziegelsteinen, die den Horizont abgrenzte.

Perlefter flog, Perlefter war davongeflogen.

Seine Familie kehrte heim und lud mich zum Mittagessen ein, damit «es nicht so einsam sei». Da saßen wir nun und aßen Eierspeise, weil der Braten an diesem furchtbaren Tage verbrannt war. Der junge Perlefter schien unwillig, er wollte keine Eierspeise. Er bekam eine Tafel Schokolade, obwohl alle wußten, daß er einen schlechten Magen von Süßigkeiten bekam. Dennoch ließ man ihn, wie gesagt, Schokolade essen.

Spät in der Nacht kam ein Telegramm: «Glücklich gelandet, Euer Vater.» Der Postbote erhielt ein Trinkgeld, man hörte sein freudiges Gepolter auf der Treppe.

Mehr als zwei Monate weilte der Herr Perlefter fern von seinen Lieben. Wir wollen ihn eine Weile in der Fremde leben lassen und uns seinem Hause und seinen Angehörigen zuwenden.

4

Ich habe schon erzählt, daß Perlefter sein Haus beherrschte. Nichts anderes hätte er beherrschen können. Weder sich noch seine Freunde, noch seine Angestellten. Er konnte nur seine Angehörigen beherrschen, denn sie waren noch schwächer, noch ängstlicher, noch willenloser als Perlefter selbst. Sie lebten in einem reichen Haus, Perlefter verdiente und besaß Geld, und dennoch war es ein armes Haus, erfüllt von Seufzern, Sorgen und Rechnungen. Die Familie war überzeugt, daß Perlefter schwer arbeitete, daß er nicht schlief, daß er unaufhörlich um das tägliche Brot kämpfte, daß ihm jede Ausgabe neue Sorgen machte. Deshalb machte die Familie keine einzige Ausgabe ohne Sorgen. Es gab in diesem Hause keine Freude, an deren Seite nicht der Gram stand; kein Fest ohne Schmerz; keinen Geburtstag ohne Krankheit; keinen Wein ohne Wermut. Man kochte, buk, schaffte Wäsche und Kleider an, Möbel, Teppiche und Schmucksachen – aber nichts von all den Dingen in Ausmaßen, die wenigstens eine leise Ahnung von Überfluß hätten aufkommen lassen. Es reichte niemals und nirgends. Es gab einen guten Kuchen, aber in so dünnen Scheiben, daß man seine Qualität gar nicht schmeckte. Man kaufte gutes Fleisch und zerhackte es in winzige Portionen. Man kochte eine Suppe, die Aufsehen erregt hätte, wenn man dazu gekommen wäre, sie zu kosten. Man lud vierzehn Gäste ein, aber es reichte gerade für zwölf. Im Eiskasten standen die lächerlichsten Speisereste, um die man zitterte wie um das verlöschende Leben teurer Kinder. Da lag schüchtern und still auf einem großen und weißen Teller ein elendes Butterhäufchen, gelb und schmelzend in einer kleinen Wasserlache, und wartete auf das Ende. Die Speisereste fischte man aus den Tellern der Kinder und zerhackte Fleisch vom Mittagessen zum Faschierten für den Abend. Irgendwo in geschlossenen Schränken dörrten gelbe Kuchen und harrten einer Gelegenheit. Die Gelegenheit kam. Da erwies es sich, daß der Kuchen die Zähne der Festgäste gefährdet hätte. Infolgedessen legte man ihn in die Röhre, wo er rösten sollte, wo er aber verkohlte. Er kam schwarz mit harten Kohlenkrusten auf den Tisch. Man mußte die Krusten mit dem Messer fortkratzen. Die Äpfel wurden klein und kleiner, sie bekamen Runzeln und den Umfang von Kirschen. Alte Orangen verschimmelten und wurden silbern. Man kaufte das billigste Obst. Die Pflaumen hatten einen großen Riß im Leibe, und ihr rötliches Fleisch quoll heraus wie bei verletzten Menschen. Um kleine Käseklümpchen wickelte man Stanniolpapier. Der Emmentaler gab in langen Tagen seine ganze Feuchtigkeit ab und wurde hart wie das Holz, das Perlefter verkaufte. In zwanzig verschiedenen Likörflaschen befanden sich zusammen sechzig verschiedene Tropfen. In den Zigarrenkisten, die für die Gäste bestimmt waren, befand sich nur je eine Lage Zigarren. An den Vorhängen waren die Schnüre monatelang zerrissen. Man zog sie mit den Händen vor, zerrte wieder zurück, und doch gingen sie nie nach

Wunsch, sie weigerten sich. Alle Gegenstände befanden sich in dauernder Opposition. Die Türen knarrten. Sie hatten fingerbreite Spalten und ließen die Kälte durch. In die breiten vornehmen Öfen legte man winzige Kohlestückchen. Die Dampfheizung funktionierte nicht. Die besten Teppiche lagen zusammengerollt und mit vielen Zeitungsblättern bekleidet auf dem Dachboden. Über die Tische war zerrissenes Linoleum gebreitet. Die schönen roten Samtstühle hatten weiße Linnen an, wie Möbelleichen harrten sie unheimlich auf ihr Begräbnis. Den Blumenvasen fehlten die Postamente, das Kaffeegeschirr hatte nur neun Tassen, und die zehnte wies einen Sprung auf. Neben der Schüssel aus Kristall für Obst lag ihr abgebrochener Henkel. Die Messer hatten schmale und biegsame Klingen, wie Fechterdegen, weil man sie so oft beschliffen hatte. Dennoch waren sie stumpf, und in der Küche wetzte man sie täglich am irdenen Fleischtopf. Das Klavier war immer verstimmt, denn Perlefter hatte das billigste gekauft und eines der ältesten zum halben Preise. Es war ein Gelegenheitskauf. Das Grammophon war heiser, die Platten lagen abgenutzt und verstaubt in einem alten Zylinderetui. Zwei Pendeluhren standen, es fehlten die Gewichte. Die Weckuhr läutete nur einmal in der Woche, und nur dann, wenn man sie gar nicht erwartete, gewöhnlich nach Mitternacht. Die Klingeln funktionierten nicht, an der Tür stand immer die Mahnung: stark klopfen! Alle Regenschirme der Familie waren zerbrochen. An allen Reisekoffern hatte man einmal die Schlösser gewaltsam öffnen müssen, weil jedes Mitglied der Familie die Schlüssel verlor.

Es gab einen Kleiderständer, der sein Gleichgewicht nicht finden konnte und der fortwährend schwankte, auch, wenn er keine Kleider trug. In den Schubladen der Kommode lagen die stillen, toten Taschenuhren der Kinder neben zerbrochenen Haarnadeln und staubigen, gelben Tabakresten. In den Tintenfässern war die Tinte vertrocknet und eine schwarze Kruste. Die Federn spreizten sich, wenn man mit ihnen das Papier berührte. Es gab buntes Briefpapier in allen Farben, in billigen Zigarrengeschäften gekauft, porös, wie Löschpapier. Eine Briefwaage hinkte. Die Bleistifte konnte man nicht spitzen, denn das Blei bestand aus lauter Fragmenten. Das Holz war spröde und faserig. Im Badezimmer strömte kaltes Wasser aus dem Hahn für «warmes» und umgekehrt. Die Badetücher waren zerfranst. Eine alte Mausefalle klappte nicht zu. Drinnen hing eine Lockspeise von einer Beschaffenheit, die jede verhungerte Ratte abgeschreckt hätte. Dem Wäschekasten fehlte der rechte vordere Fuß. Um ihn zu stützen, hatte man ein paar Steine aus Alfreds Baukasten untergelegt. Auf dem Ofen stand eine Tänzerin aus Gips ohne Arm. Hinter dem Spiegel in der Mädchenkammer hing ein Kranz aus rosa Papierblumen. Man warf ihn nicht hinaus, weil es jedem leid getan hätte. Man liebte alle zerbrochenen, schadhaften, nutzlosen Dinge. In der stolzen Reihe der Lexikonbände fehlte der Band «Buddha bis Cöln».

Nur dreimal in der Woche kam der Bäcker mit frischem Brot. Man aß gerne trockenes, dürres und behauptete, frisches Brot wäre dem Magen schädlich. – Alte Sardinen in offenen Büchsen frischte man mit

Zitronensaft auf. Marinierte Heringe aber aß man zu früh, ehe sie noch der Essig durchtränkt hatte. Man machte panierte Schnitzel. Sie zerfielen auf den Tellern. Man gab Karfiolsuppen ohne Karfiol. Radieschenbündel lagen in der Küche. Nur Perlefter selbst durfte sie essen, solange sie frisch waren. Denn der einzige Perlefter lebte im Überfluß. Er aß die besten Suppen, die größten und frischesten Kuchen, die Spezialitäten, das frische Brot, obwohl es schädlich war, sein Likör erfüllte ganze Flaschen, seine Tintenfässer waren bis zum Rande mit guter blaufließender Tinte gefüllt, seine Bleistifte lagen geborgen in der geschlossenen Schublade und bestanden aus den edelsten Materialien, seine Badetücher gab man ihm jeden Morgen aus dem Kasten, denn er benutzte nicht die zerrissenen, auf dem Sofa, auf dem er am Nachmittag schlief, lag kein weißes Linnen. Perlefter ärgerte sich über die Sparsamkeit seiner Frau und über die geizige Unordnung im Hause und war doch selbst die Ursache dieser Sparsamkeit. Denn nur aus Sorge um ihn und aus Furcht, er könnte sich, um neue Dinge anzuschaffen, schwer «überarbeiten», behielt man die alten und gebrechlichen Möbel und dehnte die Sparsamkeit auch auf unnütze Papierkränze aus. Perlefter aber gab das Seufzen über das schwere Leben nicht auf. Seine brave Frau zog daraus die natürliche Konsequenz. Ach! Sie wußte nicht, daß Perlefter nur deshalb noch nach Hause kam, weil er nirgends so bereitwillige, feinhörige Ohren für seine Schmerzen fand wie daheim. Er lud sein ganzes Leid zu Hause ab und ärgerte sich dann, daß seine Wohnung aussah wie ein Trauermagazin.

Außerhalb des Hauses leistete sich Perlefter manche Luxusausgaben. Zu Hause verschmähte er grundsätzlich alle Leckerbissen wie Schokolade, Feigen, kandierte Früchte. Denn er wollte zeigen, daß er «nichts wegesse», und er fürchtete, daß ein Vater, der Süßigkeiten ißt, bei den Kindern an Autorität einbüßen müßte. Unterwegs aber trat er gerne in Konditoreien ein und naschte. Manchmal fand man in den Taschen seines Mantels Schokolade in raschelndem Stanniolpapier. Diese Schokolade fand gewöhnlich seine ältere Tochter. Kam sie lächelnd zu Perlefter, so sagte er: «Ach! Das wollte ich euch mitbringen! Ich hatte es ganz vergessen! Vielleicht habe ich in Gedanken sogar die halbe aufgegessen!» Und man zweifelte nicht an seinem Wort.

So viele Freiheiten wie Perlefter hatte nur noch sein Sohn, Alfred, den man «Fredy» nannte. Er begann um die Zeit, als Perlefter sich in die Lüfte schwang, zu wachsen und gesund zu werden. Als ich kam, war er ein weinerliches Kind. Allmählich wurde er ein boshaftes und ein dummes. An seinen Veränderungen merkte ich eigentlich, wie die Jahre gingen. Ja, sie gingen, und Fredy wuchs. Seine Stimme glitt aus melancholischem Diskant in jene Tiefen, in denen sich Barbarei und Sentimentalität vereinigen, um einen «männlichen» Klang zu ergeben. Fredy faßte allmählich Neigung für Dienstmädchen, und in gleichem Maße entwickelten sich seine Muskeln. Er hatte Freunde. Sie kamen am Samstagnachmittag ins Haus, junge Männer mit glattgekämmten Haaren, in ausgezeichneten Anzügen, mit goldenen Armbändern und seidenen Taschentüchern in der linken Rocktasche, junge Männer mit glatten Gesichtern und kurzen Stirnen. Sie spielten Whist, sie brachten selbst Liköre mit, lauter süße Liköre, und erheiterten sich am Konfekt und rauchten Zigaretten, indem sie jeden Zug mit sichtbarem Genuß einatmeten. Ich habe sie niemals von Büchern sprechen hören. In ihren Manteltaschen, die im Korridor sichtbar wurden, steckten bunte Zeitschriften, die den Sport, die Liebe, die «Gesellschaft» behandelten. Die jungen Herren lasen Modezeitschriften. Sie strebten danach, so auszusehen wie Schneidermodelle, und es gelang ihnen. Es waren gerade jene jungen Herren, die in der Stadt den Ton angaben. Mit einer zauberhaften Schnelligkeit bestanden sie das Examen, das ihnen den Weg zu den verschiedenen Hochschulen des Landes freigab. Wären sie nicht so reich gewesen, man hätte glauben müssen, daß sie genial seien. Sie schlossen sich in Ruderklubs zusammen, sie spielten Tennis, sie turnten und fochten, einige hatten Reitpferde, und von ihnen sagte man entzückt, sie hätten echte Reiterbeine, wenn sie auf krummen von Natur und Geburt durch das heitere Leben gingen. Jeder trug irgendein Abzeichen im Knopfloch. Es waren die Söhne der gemäßigten Partei, und sie hatten infolgedessen keine politische Überzeugung. Junge Leute, denen es schlechtgeht, werden radikal, weil sie in irgendeinem politischen System die Schuld an ihrem persönlichen Unglück sehen. Diesen jungen Männern aber ging es so gut, daß ihnen alle politischen Richtungen gleichgültig waren. Sie waren also die Zukunft der gemäßigten Partei. Es ist ein Irrtum zu glauben, daß die gemäßigten Parteien aller Länder keine Zukunft haben. Solange es Menschen geben wird, die sich den Luxus der Gleichgültigkeit leisten können, so lange wird es auch gemäßigte Menschen geben. Man sagt von ihnen, sie wären vernünftig genug, um in der Mitte zu bleiben. Sie aber sind satt genug. Sie sind geschützt nach allen Seiten, weil sie zu keiner die Beziehungen abgebrochen haben. Sie sind keine entschiedenen Gegner, und sie haben keine.

So waren diese jungen Männer. Diejenigen von ihnen, die Anspruch auf Geist erhoben, deuchten sich, homosexuell zu sein und von jungen Freunden zu schwärmen, obwohl ihnen junge Mädchen besser gefielen. Sie gaben sich auch mit Mädchen ab, wenn es niemand merkte. Was den jungen Fredy Perlefter betraf, so schwankte er noch, für welches Geschlecht er sich entscheiden sollte. Aber nachdem es ihm klargeworden war, daß er die Geschäfte seines Vaters fortführen würde, entschloß er sich zum normalen Geschlechtsverkehr. Es war schön zu sehen, wie die wahre Natur des Jungen allmählich zum Durchbruch kam. Er legte die Kränklichkeit seiner Kinderjahre ab wie alte Kleider und war im Laufe einiger Monate ein Held und ein Sportsmann. Gleichzeitig veränderte sich auch sein Gesicht, und es wurde immer mehr das alte, runde, ein wenig mädchenhafte Gesicht Perlefters. Auch die Augen Fredys waren farblos und spiegelten die Begebenheiten der Welt wider, ohne Staunen, Verwunderung, Liebe, Mitgefühl und Erbitterung. Mit einem Todesmut, der auf ihn selbst gar keinen Eindruck machte, stürzte sich Fredy in verschiedene sportliche Gefahren, und während seine Familie um ihn bangte, errang er die ersten Preise, im

Schwimmen, im Leichtathletik- und Wintersport, und sein dummes Angesicht zierte die illustrierten Zeitungen. Ich glaube: Er wußte gar nicht, daß er sich freiwillig in die Nähe des Todes begab, und er war nicht verständig genug, um Furcht zu haben. Er hatte nur Ehrgeiz. Er wollte der verwöhnte Liebling der Familie sein und bleiben, und er wurde es auf dem Umweg über das Heldentum. So kamen er und sein Vater auf verschiedenen Wegen zu demselben Ziel. Fredy liebte es, über Muskelschmerzen zu klagen. Er hatte zuviel «trainiert». Er zeigte verschiedene Hautabschürfungen. Er trug wochenlang einen Arm in schwarzer Binde. Seine Mutter fütterte ihn. Man hielt ihm den Rock, man zog ihm die Hosen an. Nachdem er sich endgültig für das weibliche Geschlecht entschieden hatte, schlief er mit einem der Dienstmädchen und errang sich die erste Geschlechtskrankheit, auf die er sehr stolz war, von der die ganze Familie wußte und über die niemand sprach. Das Dienstmädchen nahm ein silbernes Service mit und verließ das Haus. Wochenlang sprach man von diesem Service. Die älteste Tochter behauptete, es wäre nur Neusilber gewesen und ein Hochzeitsgeschenk des Herrn Hahn, der nichts Echtes schenkte. Frau Perlefter aber weinte. Für sie war es ein silbernes gewesen. Fredy sagte, um seine Schwester zu ärgern, er hätte selbst den Stempel gesehen: Es war Silber. Die verwitwete Schwester der Frau Perlefter, die sich über jeden Verlust der anderen freute, bestätigte Fredys Behauptungen.

Fredy liebte es, verschiedene Abenteuer zu erzählen. Es ereignete sich immer etwas, wo er sich auch befand. Pferde scheuten, Automobile stießen zusammen, alte Frauen gerieten unter die Räder, den Straßenbahnen ging der Strom aus, Betrunkene prügelten sich, ein Mädchen ließ einen Milchtopf fallen. Es gab nichts Geringes. Alles war wert, erzählt zu werden. In einem Notizbuch schrieb Fredy die Witze auf, die er gehört hatte. Manche las er vor. Von anderen sagte er, sie wären nicht für Frauen geeignet. Man bat ihn, dennoch zu erzählen. Er erzählte sie halblaut, und seine Schwestern taten, als hätten sie nichts gehört. Trotzdem gingen sie erst nach der Pointe aus dem Zimmer. Fredy ritt jeden Morgen im Tattersall. Beim Mittagessen behauptete er, er könne nicht sitzen. Ein Galopp hätte ihn «mitgenommen». Er trank stehend eine Suppe. Nach dem Essen setzte er sich. Er hatte den Galopp vergessen. Er galt in weiten Kreisen der Familie als gefährlicher Mädchenheld. Er sprach kleine Mädchen vorm Warenhaus an. Dann schrieben sie ihm Briefe. Er zeigte sie den Schwestern. «Das würdet ihr nicht glauben», sagte er. «Diese Margot ist aus einem der besten Häuser.» Frau Perlefter war überzeugt, daß alle Töchter aller bürgerlichen Häuser in Fredy verliebt wären. Einmal machte Fredy die Bekanntschaft eines ungarischen Journalisten namens Roney. Herr Roney suchte für die Sängerin Ilona einen reichen Mann. Er fand Fredy Perlefter, und alle drei lebten in Freuden. Ilona gefiel Fredy gar nicht. Er liebte sie nicht. Aber ihr Name stand in Zeitungen und auf Plakaten. Die Familie Perlefter ging zu den Filmen, in denen sie Nebenrollen spielte, und ins Cabaret, in dem sie sang. Ilona war nicht mehr ganz jung. Ihr Bild stand auf dem Schreibtisch Fredys, ein paar Briefe, blaßlila Papier mit großen steifen Schriftzügen, lagen wie zufällig verstreut, und die Schwestern lasen sie heimlich. Fredy kam nach Hause und sagte erbittert: «Ihr habt schon wieder meine Briefe gelesen!» und freute sich darüber.

Seitdem Fredy mit Ilona «etwas hatte», lag um seine Gestalt der Zauber jener wunderbaren Sphären, in denen die Kunst mit der Sünde sich mischt und dieser eine Berechtigung verleiht. Hinter den Kulissen war das ganz anders. Außerhalb der Grenzen der bürgerlichen Gesellschaft war vieles nicht nur gestattet, sondern auch bewundernswert. Die «Kunst» legitimierte sogar Ausschweifungen. Fredy brachte durch seine Beziehungen zu der Kunst die ganze Familie in eine abenteuerliche Stimmung. Fredy verbrauchte das halbe «Kostgeld» der Frau Perlefter. Er trug fortan seidene Hemden und gab sein Urteil über die Kleidung der Schwestern ab. Er mußte ja wissen, was die Damen jener Welt anzogen, in der die Wirkung Hauptsache war und in der die Menschen von der Wirkung in den Mund lebten. Frau Perlefter und ihre Töchter waren weit von dem Wunsch entfernt, etwa eine Ilona nachzuahmen. Aber mit einer Ilona unter Umständen verwechselt werden zu können war die Sehnsucht der Perleftermädchen. Es kam ein freier Zug in ihre Kleidung, ein neuer Rhythmus in ihr Leben, ihre Erscheinung bekam einen phantastischen Schwung, sie ließen sich Witze erzählen und schämten sich nicht mehr und sprachen mit freier Gebärde Wahrheiten aus, die für Mädchen aus guten Familien Fabeln zu sein haben.

Ja, mit dem Eintritt dieser Ilona in das Leben Fredys änderte sich viel. Man sprach sogar über seine längst verwundene Geschlechtskrankheit, und Frau Perlefter wurde geradezu ausgelassen und fragte Fredy nach allerhand verschwiegenen Details. Der Junge mußte erfinden, um seinen Ruf nicht zu verlieren. Er hatte Ilona dreimal umarmt und drei Monate sie und ihren Freund ausgehalten. Er bekam keine Briefe mehr. Er sprach wieder kleine Mädchen an, und weil er schon einmal in den Gefilden der Kunst geschwelgt hatte, dichtete er seine kleinen Freundinnen nicht mehr zu reichen Bürgerstöchtern, sondern zu Größen aus der Theaterwelt um. In der Familie aber bewahrte man der ersten aus der Reihe der Künstlerinnen, Fräulein Ilona, Ehrfurcht und Pietät. Sooft ein Familienmitglied ihren Namen in der Zeitung las, sprach es ihn laut aus, und entfernte Verwandte, die auf die Gunst der Perlefters angewiesen waren, kamen, um zu erzählen, daß sie von den neuen Plänen der Ilona gehört und gelesen hätten.

Fredy trauerte ihr nicht nach. Sie hatte ihm gegeben, was er brauchte: Ruhe im Hause und die Bestätigung seines Rufes als Seelenfänger. Er fuhr in die Sommerfrischen und Winterkurorte und erhielt dann harmlose Ansichtskarten von seinen Sportpartnerinnen. Jeden harmlosen Gruß deutete man in der Familie als ein verstecktes Liebesgeständnis. Die wirklichen Affären Fredys aber bezogen sich auf die Stubenmädchen des Hotels und auf eine allgemein zugängliche Witwe, die er die große Liebe seines Lebens nannte. Die Perlefters hatten keine Angst, daß ihr Sohn sich vergessen könnte, eine schöne Frau ohne Geld zu heiraten. Sie kannte ihn, die Familie, sie vertraute auf die Macht des Blutes.

Und es geschah wirklich, daß Fredy seine Augen schweifen ließ auf die Töchter des Landes, um eine Frau fürs Leben zu finden und eine Mitgift, dieses Leben zu bestreiten. Es war ihm klar, daß er eine schöne Frau haben mußte. Obwohl sie Geld haben sollte, mußte sie auch allen Menschen gefallen können. Es gab derlei Mädchen in der Welt, und Fredy umschwärmte sie. Er sprach mit ihnen anständige Dinge. Er las ein paar Bücher, um sich Gesprächsstoffe anzueignen, und er glaubte, mich in dieser Angelegenheit als Ratgeber schätzen zu sollen. Ich empfahl Fredy Historisches, denn ich glaubte, daß man mit Jahreszahlen gebildeten Damen am besten imponiere. Ich hatte gar keine Erfahrungen mit gebildeten jungen Damen. Aber ich erfuhr bald von Fredy, daß sie sich bei Jahreszahlen langweilten. Ich griff zur Kunstgeschichte und empfahl Gespräche über Bilder. Allein, diese Damen gingen nicht in Museen. Ich verfiel auf Naturgeschichte. Fredy las die Kapitel, in denen sich die Naturwissenschaft mit den pikanten Vorgängen der Zeugung und Fortpflanzung beschäftigt, und war fortan von der Naturgeschichte nicht mehr abzubringen. Doch sollte er Glück damit haben. Denn er begann bald von einem jungen Mädchen zu schwärmen, dessen Vater die meisten Aktien der Hinke-Bierbrauerei besaß. Es schien, daß Fredys naturwissenschaftliche Anspielungen auf das Fräulein Eindruck machten. Fredy wurde «ins Haus» gebeten. Er ging mit einem Blumenstrauß, er fuhr im Automobil vor. Ich habe in meinem ganzen Leben noch keinen Blumenstrauß dieser Art gesehen. Er war kostbar, diskret und exotisch, und dabei war es Winter. Wer weiß, aus welchen Gärten diese Blumen kamen. Jedenfalls banden sie das Verhältnis fester.

Man wartete auf die Rückkehr Perlefters. Im Hause verbreitete sich jene leise festliche Atmosphäre, die eine Vorahnung freudiger Ereignisse ist. Fredy bekam keine Briefe mehr. Unversehens war er gewachsen und zur Verlobung reif geworden. Während ich meine kostbaren Jahre mit nutzlosen Gedanken vergeudete, wuchs er in das reife Jünglingsalter und in eine gewinnbringende Ehe hinein. Er war ein prachtvoller Junge, und er erfüllte sein Schicksal musterhaft und zur allgemeinen Zufriedenheit.

5

Leider konnte die Verlobung Fredys noch nicht offiziell gefeiert werden. Man hatte nämlich Bedenken wegen seiner Schwestern, die älter waren als er. Und soweit man sehen konnte, zeigte sich nirgends ein Freier.

Es war Pech. Die älteste hatte ja auf Männer schon verzichtet. Sie hieß unglücklicherweise Karoline, und das betrübte sie und lähmte ihren Mut den Männern gegenüber. Zwar nannte man sie Line in der Familie, aber auch das reizte sie auf. Sie war einmal hübsch gewesen, mir selbst war sie einmal so hübsch vorgekommen. Ach, als ich zu Perlefter kam, trug sie noch einen Zopf und wiegte sich in den Hüften. Ihr Haar war braun, hart, knisternd, widerspenstig. Sie war sehr hochmütig, die kleine Karoline. Sie war ein Charakter. Sie weinte nicht. Zwar dürfte sie manchmal geschluchzt haben, wenn niemand es hörte. Denn oft waren ihre grauen, schmalen und bösen Augen rot. Sie war die Klügste und Schweigsamste in dieser Familie. Immer saß sie über Büchern, immer hatte sie die besten Zeugnisse und verhältnismäßig selten Krankheiten. Als ich noch mit den Kindern Perlefters spielen mußte, plagte sie mich am wenigsten. Sie sonderte sich von mir ab, und es war immer irgendein unsichtbares Gehege um sie gebaut. Sie las viele Bücher, immer lag ihr ein Buch im Schoß, wenn sie zu

Tisch kam, und hastig schlang sie jeden Bissen, um wieder lesen zu können. In der Nacht brannte an ihrem Bett das Licht am längsten.

Aber es scheint, daß die Bildung eines jungen Mädchens seinen Reizen schadet. Denn als Karoline in das Alter kam, das zwar noch nicht mannbar genannt werden kann, aber in dem das Interesse für die Männer zu erwachen hat, erwies es sich, daß sie gar kein Interesse hatte, weder für ihre eigene Erscheinung noch für die Männer. Ja, Karoline trug das knisternde, widerspenstige und aufreizende Haar glatt und zurückgestrichen, und man sah infolgedessen, daß sie eine hohe, weiße, gewölbte Mathematikerstirn hatte und schöne kleine Ohrmuscheln, deren Zartheit verlorenging in Anbetracht der bedeutungsvollen Stirn. Jeder junge Mann bekam Angst vor dieser Stirn. Jeder Mann mußte dieses Mädchen ernst nehmen und konnte sich demzufolge nicht in es verlieben.

Und Karoline studierte wirklich Mathematik und Physik und wurde in irgendeinem wissenschaftlichen Institut Assistentin. Da legte sie Sandalen ohne Absätze an, ein blaues Arbeiterinnenkleid und nahm einen männlichen Regenschirm zur Hand, und in ihrer breiten Brusttasche lagen klirrende Schlüssel und eine Brillenschachtel aus schwarzem Pappendeckel. Karoline wurde ein Doktor.

Die Familie lobte ihre zierlichen Ohren und ihren Haarwuchs, um sich und andere über die wissenschaftliche Bedeutung der Tochter zu trösten. Aber bald verfiel auch die Familie dem Zauber, der angeblich um Laboratorien und Assistenten webt, und jeder bewunderte die Leistungen eines so jungen Kindes. «Sie hätte ein Mann werden sollen», sagte Frau Perlefter.

Karoline geriet in Zorn, wenn man von ihr sprach. Sie stürzte aus dem Zimmer und knallte die Tür ins Schloß, die Wände zitterten, und hinter der Tür hörte man sie weinen.

Es war in der Familie Perlefter üblich, daß alle sich küßten. Nur Karoline küßte niemanden. Bei größeren Feiern, bei Abschieden und Geburtstagen hauchte sie flüchtige kühle Küsse auf gleichgültige Wangen.

Sie hatte kalte dürre Hände mit blassen flachen Fingern. Ihre Finger sahen aus wie vierkantige Lineale.

Man suchte nach einem Bräutigam für sie.

Manchmal kam die Tante Kempen, die schon viele Mädchen der Familie versorgt hatte. Die Tante Kempen hatte große, braune, glänzende Augen, die alles aufzufangen schienen, aber in Wirklichkeit fast blind waren. Man hatte ihr eine Brille verschrieben, die sie aus Eitelkeit verschmähte. Am liebsten hätte sie sich selbst mit allen jungen Männern abgegeben, die sie den Mädchen zuschanzen mußte.

Sie kannte alle passenden Familien, die Tante Kempen. Jede Woche war sie in einem anderen Haus eingeladen. Sie war wie eine wandernde Spinne, die ihre Fäden von einem Winkel der Stadt zum andern spinnt, oder wie ein Wind, der Früchtesamen über die Welt trägt.

Diese Tante Kempen hatte einen Mann für Karoline ausfindig gemacht. Es war ein Dozent, der Geld brauchte, um Professor ohne Sorgen zu werden, ein

Philologe, ein netter, vergeßlicher, junger Mann. Aber Karoline graute es vor der Philologie.

Man war ratlos in der Familie Perlefter. Die Frau Kempen begann, sich mit den anderen Töchtern zu befassen. Aber indessen ging Karoline ihre eigenen Wege, die ich später, bei Gelegenheit, noch schildern werde.

Frau Kempen befaßte sich mit der zweiten Tochter, die Julie hieß. Sie war sanft, blaß, blutarm, und sie trank Chinawein und schluckte Eisenpillen, die wieder Verstopfung verursachten. Der Arzt ordnete ihr Spazierengehen an, aber dazu hätte Julie die bequemen Sandalen ihrer Schwester Karoline nötig gehabt. Julie trug eitle, hohe Absätze und kleine Lackstiefelchen, die sie schmerzten. Sie kaufte gerne Wäsche ein, Spitzen und bunte Fetzen sammelte sie in der Schublade ihres Kastens. Am liebsten lag sie erkältet im Bett und sortierte Seidenreste. Sie hatte vier Schneiderinnen, für neue und alte Kleider, für Umarbeitungen und «Modernisieren».

Alle Männer gefielen Julie, sie überließ die Auswahl Frau Kempen.

Herr Perlefter, der immer praktisch war, wünschte sich einen Ingenieur in der Familie, auf keinen Fall aber einen für Brückenbau. Der Herr Perlefter wollte einen praktischen Hausingenieur, der Häuser abschätzen konnte. Man bekam in dieser Zeit viele preiswerte Häuser angeboten, und jede Schätzung kostete «ein Vermögen». Ingenieure verdienten jetzt sowieso wenig. Einen Zimmermann im Haus wollte Perlefter haben.

Frau Kempen suchte verzweifelt, sie fand nur einen Architekten mit künstlerischen Ambitionen.

Aber der hatte ein Atelier, er gab Feste, man sprach von seinem leichtsinnigen Leben, und eine Auskunft von dem Detektivinstitut «Argus» meldete viele Schulden. Das Schlimmste war, daß man seine Familie nicht kannte, daß er «allein in der Welt» stand. «Argus» konnte nicht herausfinden, welchen Beruf sein Vater gehabt hatte.

«Vielleicht», sagte der Herr Perlefter, «war sein Vater ein Schankwirt oder ein Mädchenhändler oder ein Bordellbesitzer, was kann man wissen? Der Apfel fällt nicht weit vom Baum!»

Es war ganz aussichtslos. Frau Kempen erreichte nicht einmal, daß die Perlefters den «jungen Mann» «unverbindlich» einluden. Sie wandte also ihr Augenmerk der dritten Tochter zu, ohne die zweite ganz aus ihrem Gedächtnis zu streichen.

Die dritte Tochter hieß am schönsten, nämlich Margarete, und sie verdiente diesen Namen. Sie war hübsch. Ja, sie gefiel mir. Hätte es nicht die Sitte erfordert, daß Laufburschen sich in die Töchter ihrer Brotgeber nicht verlieben dürfen, ich hätte mich bestimmt in Margarete verliebt, damals, als ich noch Laufbursche bei Perlefter war. Später sah ich, wie gut es war, daß ich mein Herz nicht an Margarete verloren hatte. Sie wurde nämlich ein unglücklicher Mensch.

Sie war eine Gegnerin ihrer Familie, aber leicht und heiter von Gemüt, und ließ es nicht zu Auseinandersetzungen kommen. Man hielt sie für ein gehorsames und autoritätsgläubiges Kind. Sie küßte jeden, der ihr die Wange zum Kuß bot. Man glaubte allgemein, sie könne jeden Menschen gut leiden.

Vielen jungen Männern gefiel sie, als sie vierzehn Jahre alt war. Aber damals liebte sie ihren Geschichtslehrer. Damals hatte sie auch in Geschichte die besten Noten. Im nächsten Jahr liebte sie den Literaturlehrer. Da vergaß sie die Geschichtswissenschaft. Sie lernte Klavierspielen und war ganz unmusikalisch. Sie trällerte den ganzen Morgen lauter falsche Melodien.

Später lernte sie einen jungen Sozialisten kennen und gab sich mit Eifer dem Parteisekretariat hin. Jeden Sonntag ging sie mit Arbeiterkindern in Holzsandalen in den Wald. Sie lehrte die Kinder singen, und alle sangen falsch.

Unter dem Einfluß eines anderen jungen Mannes, der Vorträge in der Volkshochschule hielt, vertiefte sich Margarete in Steiner und Nietzsche. Sie verstand kein Wort von beiden. Aber sie wurde hochmütig, weil sie schon so gebildet war.

Als ihr jemand sagte, daß ihm untätige Frauen ein Greuel seien, bewarb sie sich um eine Stelle als Stenotypistin in einer Bank. Über zehn arme Bewerberinnen, die es nötig hatten, siegte Margarete. Denn sie war die Tochter Perlefters. Sie bekam sogar Gehaltszulagen, während man die andern Mädchen entließ.

Margarete wurde blaß und schmal, weil sie die Luft im Büro und die Schreibmaschine nicht vertrug. Da gab sie die Stelle auf und wurde Kindergärtnerin ohne Gehalt. Aber sie verstand nichts von der Gärtnerei, und man verzichtete auf ihre Mitarbeit.

Von nun an arrangierte sie Wohltätigkeitsbälle und gab sich dem Beruf eines Komiteemitglieds hin.

Sie träumte davon, einen «Salon» zu haben mit Dichtern, Künstlern, Gelehrten. Ihr Mann sollte gar keine Rolle spielen, sondern Geld besitzen.

Frau Kempen ging auf die Suche nach so einem Mann.

Später fand er sich auch.

Inzwischen aber geschah etwas Wichtiges im Hause Perlefter. Alle andern Wichtigkeiten traten vor einer einzigen in den Hintergrund: Henriette wollte heiraten. Henriette war dreißig Jahre alt und zwölf Jahre im Hause. Ich weiß noch, wie sie aussah, als sie kam. Sie kam direkt vom Lande, achtzehnjährig, mit roten, knisternden Haaren, nach harter Waschseife roch sie, und man hörte ihre steife Unterwäsche rauschen.

Ich liebte sie.

Sie war die Folge eines gelegentlichen Abenteuers, das der Gendarmeriewachtmeister mit ihrer Mutter bestand, vor achtzehn Jahren, als er noch allein Patrouillenwege machte. Ihre Mutter brachte Hennen, Eier, Landbrot und Radieschen in die Stadt.

Ich ging einmal mit Henriette in ihr Dorf. Sie trug einen Hut mit roten Glaskirschen und hielt Schuhe und Strümpfe in der Hand, weil der Weg naß war. Wir gingen durch die Felder, die Grillen zirpten, und die gläsernen Kirschen klimperten. Henriette erzählte allerlei Dinge von der Frau Perlefter und von der Frau des Portiers, die Henriette einen besseren Posten verschaffen wollte, bei einem kinderlosen Ehepaar. Aber Henriette fürchtete sich vor ihrer Mutter. Bei einer andern Herrschaft würde sie vielleicht doch auf Abwege geraten. Es schien mir, daß Henriette sich am meisten vor Abwegen fürchtete.

Sie war rot und eifrig, und uns beiden war heiß. Dann nahm Henriette den Hut ab, und es schien mir, daß ihr Haar duftete. Ja, es duftete sehr nach Heu und Wiesen und Tau. Wir blieben stehen, und der Wind streichelte uns. Es war später Frühling, und man hörte schon den Sommer galoppieren.

Da erzählte mir Henriette, daß ein neuer Gendarm ins Dorf gekommen war, als sie vierzehn Jahre alt gewesen. Es war ein schöner Gendarm, furchtlos und mit blanken Knöpfen. So, dachte ich, Henriette liebt also einen Gendarm.

Aber im Laufe des Gesprächs stellte es sich heraus, daß dieser schöne Gendarm ein ganz niederträchtiger Kerl gewesen sei. Er hatte drei vierzehnjährige Mädchen verführt, die Kasse mitgenommen und war verschwunden.

Ich weiß noch heute nicht, ob Henriette unter den drei Vierzehnjährigen war. Aber ich glaube es fast.

Im Wald tremolierte ein einsamer Vogel, und wir rieten auf seine Art. Ich war zwei Jahre jünger als Henriette, dennoch riet sie mit mir, als ob ich genauso alt wäre wie sie. Sie war der einzige Mensch, der vor mir Respekt hatte. Denn ich war ein Mann.

Ich sagte, es wäre ein Stieglitz. Henriette meinte: ein Pirol.

Weil ich mir sehr viel auf meine Naturkenntnisse einbildete, denn ich stammte aus einer sehr kleinen Stadt, begann ich, mit Henriette zu streiten. Aber weil es wirklich ein Pirol war und Henriette recht hatte, gab sie nicht nach.

Endlich schlug sie mich, und ich drang auf sie ein, aber ich stieß an ihre weiche Brust, und mein Zorn verlosch. Ich wehrte mich nicht mehr und lachte, als Henriette mich zu Boden warf und sich auf mich stürzte.

Wir lagen beide im Walde, es wehte warm und kühl, und es war der Pirol. So gerieten wir auf Abwege.

Ich war entschlossen, Henriette zu heiraten, aber sie betrog mich mit einem Schornsteinfeger und liebte mich dennoch. Je älter ich wurde, desto mehr liebte sie mich. Als ich von Perlefter Abschied nahm, küßte sie mich, und manchmal kam sie zu mir, «nur auf einen Sprung nachschaun».

Henriette konnte den Schornsteinfeger nicht heiraten, denn sie kam nicht los von der Familie Perlefter. Einmal hatte sie schon gekündigt, und sie machte schon Vorbereitungen für die Hochzeit. Da wurde Frau Perlefter krank. Sie hatte ein schwaches Herz, und Henriette blieb.

Dann bewarb sich um sie ein Mann von den Gaswerken. Er kam sogar in die Küche am Sonntag. Aber das gerade war der Grund seiner plötzlich für das zweite Zimmermädchen entbrennenden Liebe.

Dann traten noch ein Polizist, ein Schneider und ein Maurer auf den Plan. Alle wollten Henriette heiraten. Henriette aber zögerte lange, denn sie konnte das Haus Perlefter nicht verlassen. Der Polizist starb an einer Rippenfellentzündung, der Schneider ging irgendwo verloren, der Maurer stürzte zu Hause von einem Tisch ab und brach ein Bein. Es war sehr merkwürdig, daß dieser Maurer vom Tisch fiel, obwohl er Gelegenheit hatte, jeden Tag von respektablen Gerüsten abzustürzen. Er machte sich lächerlich und fiel vom Tisch. Vielleicht war er gerade damals mit seinen Gedanken bei Henriette gewesen. Henriette besuchte ihn einmal im Spital, aber sie konnte den Jodoformgeruch nicht vertragen. Sie fiel in Ohnmacht und kam nie wieder.

Dennoch weiß ich, daß sie zu mir gekommen wäre, wenn ich bandagiert und nach Jodoform riechend im Spital gelegen hätte. Denn Henriette hatte mich nicht vergessen. Sie liebte mich immer mütterlicher, und je älter sie wurde, desto jünger wurde ich in ihren Augen.

Ich begleitete sie noch oft in ihr heimatliches Dorf. Ich trug ihren Hut und, wenn es feucht war, auch ihre Schuhe und Strümpfe. Einmal, als ihre Mutter krank war, das zweite Mal, als ihr Stiefvater starb, und dann, als ihr Onkel die dritte Frau heiratete. Wir stritten aber nie mehr über die Art der zwitschernden Vögel. Wir stimmten in allen Dingen überein. Wir sprachen von allen Sorgen, und manchmal erzählte ich auch etwas von den Büchern. Henriette war sehr stolz auf mich und prophezeite mir eine große Zukunft.

Wir hatten beide verzichtet und liebten uns dennoch.

Ich hätte alles für Henriette getan. Wir sagten uns aber nie «du», wenn andere dabei waren.

Henriette meinte, ich sollte mich um Margarete Perlefter bemühen. Dann hätte ich viel Geld. Ich sei doch bestimmt viel mehr wert als die jungen Männer, die ins Haus kamen.

«Ich brauche kein Geld», sagte ich.

«Du bist ein dummer Junge!» sagte Henriette.

So gingen wir friedlich nebeneinander und kamen ins Dorf. Ich aß Käse und saure Milch und eine Grütze, die Henriette für mich kochte. Grütze aßen sonst nur Kranke und Wöchnerinnen. Bevor ich schlafen ging, drückte mir Henriette die Hand.

Es geschah just um die Zeit, als Fredy Verlobung feiern sollte und Perlefter von seinem kühnen Flug heimkehrte, daß sich ein reicher und verwitweter Bauer um Henriette bewarb.

Als Perlefter davon hörte, sagte er: «Wir können und dürfen ihrem Glück nicht im Wege stehn!» Frau Perlefter begann zu weinen. Sie wurde sogar krank und nahm Brom. Aber diesmal blieb Henriette bei ihrem Entschluß zu heiraten. Es lockte sie der große Hof und die Rolle, die sie in ihrem Dorfe spielen würde. Es war ein Ehrgeiz.

Die Familie Perlefter beschloß, Henriette nach der offiziellen Verlobung Fredys sofort gehen zu lassen.

Aber die offizielle Verlobung Fredys hing von einer Verlobung seiner Schwester ab. Henriette nähte unterdessen an ihrer Aussteuer. Jeden Sonntag ging sie ins Dorf. Sie brachte Milch, Butter, Radieschen, Sauerkraut und Landbrot mit.

Sie sah fast schon so aus wie ihre Mutter vor vielen Jahren. Man mußte das Angesicht Henriettes sehr lange betrachten, um zu erfahren, daß sie einmal schön gewesen war.

Jetzt hatte Henriette ein blaßgelbes Angesicht. Weder Freude noch Überraschungen, noch die Hitze der Küche, noch winterlicher Sturm und Wind röteten ihre Wangen. Es waren abgezehrte Wangen. Die Stirn lag vorgebaut und beschattete das Gesicht, und tief, wie in Erkern, lagen die dreieckig geschnittenen, blauen, blassen und hart blickenden Augen.

Und dennoch liebte ich Henriette immer noch, und jeden Tag wäre ich bereit gewesen, sie zu heiraten, so, wie sie war, mit ihren knochigen starken Händen und der Haut, die wie Leder war.

Wenn Perlefter meine Liebe gekannt hätte, er hätte mich für verrückt gehalten. Er wäre sprachlos gewesen.

Perlefter war schon zwei Wochen zu Hause. Aber er wußte noch immer Geschichten von seiner Reise zu erzählen. Wenn man ihm glauben sollte, so hatte er die ganze Welt unterwegs getroffen. Ja, er war sogar reich an neuen Kunsteindrücken. Er hatte Museen besucht und Bilder betrachtet.

An den Bildern schätzte er mit Recht ihren Umfang. Perlefter sagte gerne: «Kolossal! So ein Gemälde!» Er schilderte eigentlich nur den Umfang. Sein höchstes Lob lautete: «So groß wie die Wand!»

Er suchte zu ergründen, wie lange die Maler an solchen Bildern gearbeitet hatten. Seitdem er von der Reise heimgekehrt war, las er jeden Tag zwei Stunden lang auch die Kunstnachrichten. Einmal ging er in eine Auktion. Er brachte einen dunkelgrünen See nach Hause, auf dem ein Kahn mit zwei Schiffern schaukelte. Er hängte das Bild in den Salon und zeigte es allen Gästen. «Wenn ich müde bin», so sagte er, «stelle ich einen Sessel vor das Bild, setze mich hin und betrachte es. Ich kann es stundenlang ansehn. Das ist Kunst!»

Darüber ärgerte sich die Tochter Karoline, die man Line nannte. Ja, sie wurde grob und sagte: «Davon verstehst du ja nichts, Vater!» Dann weinte Frau Perlefter. Sie vertrug es nicht, wenn man jemanden beleidigte.

Aber Perlefter machte sich nichts aus der Kritik seiner Tochter. Er hielt sie für das minderwertigste seiner Kinder. «Wenn jemand schon studiert», sagte Perlefter ganz richtig, «so muß er wissen, was er will. Weiß Gott, was aus dieser Line werden soll! War Frau Kempen nicht da?»

Richtig! Frau Kempen kam nach einigen Tagen. Sie hatte vorsichtshalber eine Liste mitgebracht, aber sie konnte mit ihren glänzenden und blinden Augen nicht einen einzigen Namen entziffern und weigerte sich, die Brille anzuziehen. Der Herr Perlefter nahm ihr die Liste aus der Hand und las: «Albert Koch, Prokurist bei Goldlust und Co., fünfunddreißig Jahre; John Mitterwald, in Amerika geboren, sehr reich; Alexa Warjuschin, ein Moskauer, vor den Bolschewiken geflüchtet.»

Perlefter unterbrach die Liste und sagte tadelnd: «Lauter Fremde! Da weiß man nie, wer die Eltern sind! Wenn ich mein Kind jemandem gebe, so muß ich wissen, wer, was und wie er ist!»

«Du mußt erst weiterhören!» mahnte Frau Perlefter, denn sie hatte Angst, die Tante Kempen würde sich beleidigt fühlen.

Frau Kempen aber wußte wieder einmal nichts von den Eltern.

«Kommen Sie mit ganz genauen Auskünften», sagte der Herr Perlefter. «Sie müssen sich kaufmännisch einrichten. Wenn mir jemand etwas anbietet ...» Hier unterbrach sich Perlefter. Er schämte sich auszusprechen, daß er eigentlich die Schwiegersöhne kaufmännisch betrachtete.

Indessen war mit Karoline eine bedeutende Veränderung vorgegangen. Sie kleidete sich sorgfältig, sie trug Blumen an der Brust, und Blumen standen immer in ihrem Zimmer in verschiedenen Trinkgläsern, die man im Haushalt entbehrte. Ich sah, wie Line aufblühte und wieder jung wurde, und einmal traf ich sie draußen vor der Stadt, wo die Güterbahnhöfe sind, aber auch schon Wiesen. Sie saß auf einer Bank mit einem jungen Mann. Sie erhob sich, sie bat mich zu schweigen.

«Selbstverständlich!» sagte ich.

Da geschah etwas Überraschendes. Karoline gab mir einen Kuß.

Ach! Hätte sie mir doch diesen Kuß damals gegeben, als sie noch einen Zopf trug und sich in den Hüften wiegte.

Der junge Mann war ein armer Chemiker. Er trug einen Arm in der Binde und hatte schlechte Stiefel an und einen zerbeulten Hut. Er wollte sicherlich ein Erfinder werden. Also ging Karoline eigene Wege.

Später erfuhr ich, daß sie eine kleine Wohnung hatten, Karoline und der junge Mann. Ich wurde einmal eingeladen, als der junge Mann, Rudolf hieß er, Geburtstag feierte. Wir saßen alle drei und tranken und aßen mäßige und feierliche Dinge. Eine seidene violette Krawatte lag auf dem Tisch in dünnem Papier. Die hatte Karoline geschenkt. Karoline und Rudolf küßten sich fortwährend. Rudolf hatte an allen Fingern Verletzungen – so fleißig machte er Experimente. Er wollte heiraten, sobald ihm die Erfindung gelungen wäre.

Da es aber drei Monate dauerte und sie noch immer nicht gelang, unternahm Karoline zu Hause einen Angriff und sagte eines friedlichen Abends, während alle Nüsse schälten: «Ich habe mich verlobt!»

Eine große Verwirrung entstand. Der Herr Perlefter ermannte sich zuerst und schrie: «Man macht mit ernsten Dingen keine faulen Witze!» Da weinte Karoline, zum erstenmal in ihrem Leben weinte sie so, daß alle es sahen und hörten.

Perlefter ließ sich sehr lange bitten, ehe er einwilligte. Einige Tage herrschte im Hause Perlefter eine Trauerstimmung, als wäre jemand plötzlich dahingerafft worden.

Perlefter nahm diese Stimmung zum Anlaß, im Klub zu essen. Nach einigen Tagen sagte er: «Bring den jungen Mann!» zu Karoline. Es war, als hätte er ihr befohlen, einen Nußknacker zu holen.

Schließlich war ein armer Chemiker besser als gar keiner. Jetzt konnte man auch Fredys Verlobung offiziell mitteilen. Der junge Chemiker war im Familienkreise sehr bedrückt. Er verbeugte sich vor jedem, und er saß am Tische steif wie ein Schüler in der Schulbank.

Auch seine Eltern kannte man nicht. Perlefter sagte allen Freunden: «Ein stiller junger Mann! Er wird bestimmt einmal ein großer Erfinder. Mit Erfindungen kann man auch viel verdienen.»

Man feierte also Fredys Verlobung, und der junge Chemiker bekam ein paar neue Anzüge. Die Verletzungen an seinen Fingern heilten allmählich und traten nicht wieder auf. Hatte er sich entschlossen, nichts mehr zu erfinden?

Ein Fest jagte das andere.

Nach einigen Wochen konnte auch Henriette gehen. Ich begleitete sie noch einmal und hatte diesmal einen schweren Koffer zu tragen. Auf dem ganzen Wege weinte Henriette. Ich war bei ihrer Hochzeit. Ich schenkte ihr ein Grammophon und stand in hohem Ansehn.

«Der ist wie mein leiblicher Sohn!» sagte Henriette.

Ich tanzte mit ihr, wir gingen hinaus, um uns abzukühlen. Da sagte Henriette: «Wenn der Alte stirbt, wirst du mein Erbe!»

Der Alte aber lebt bis zum Jüngsten Gericht. Er ist zäh, schweigsam, und sein Gesicht ist wie aus brauner Erde. Er ist niemals böse, niemals freundlich, immer wach, seine kleinen Äuglein sind immer aufgerissen, als hätten sie keine Lider und als hätten sie niemals Schlaf nötig.

Henriette ist eine brave Frau, und sie wartet auf seinen Tod vergeblich.

6

Der Herr Perlefter hatte viel zu seufzen in diesen Tagen. Die Forderungen seiner Frau und seiner verlobten Kinder steigerten sich. Der Herr Perlefter stöhnte erfreut. Es kränkte ihn ein bißchen, daß die Familie keine Zeit mehr hatte, sich nur mit ihm zu beschäftigen. Aus der köstlichen Mitte, in der er Jahr für Jahr gelebt hatte, weithin sichtbar, beachtet und bedauert, glitt er immer mehr an den Rand. Sein Sohn, seine Tochter, sein Schwiegersohn lebten wie hohe Gäste in seinem Hause, und es gab Tage, an denen man mit dem Mittagessen gar nicht auf Perlefter wartete, wenn er nur fünf Minuten länger ausblieb. Dann sagte die Familie, sie hätte den Vater heute im Klub vermutet.

Die Familie nahm kränkende Gewohnheiten an. Die alte Ordnung war nicht mehr aufrechtzuerhalten. Seitdem Henriette nicht im Haus war, wechselten die Mädchen rasch, und Perlefter konnte keine neuen Gesichter vertragen und keine neuen Namen. Er nannte alle Mädchen «Henriette» – sie mochten Anna, Klementine oder Susanne heißen. Gewöhnlich hießen sie: «Anna».

Man bereitete «stille Trauungen» vor. Man stellte Einladungslisten zusammen. Das Haus zitterte in bewegter Festlichkeit. «Man wird langsam alt!» sagte Perlefter.

Er fürchtete das Alter. Er dachte an seinen Vater,

der zweiundneunzig Jahre gelebt hatte, den Kindern eine hochverehrte Last und sich selbst im Wege. Perlefter wollte nicht so alt werden. Er hätte sich vollends diesen erbärmlichen Stimmungen hingegeben, wenn ihn nicht die Partie seines Sohnes entschädigt hätte für alle festliche Unbill, die er erleiden mußte. Es war eine prachtvolle Partie, die Fredy machte, man konnte sogar den armen Chemiker vergessen, den sich die ungeschickte Karoline – spät genug – ausgesucht hatte.

Es war eine prachtvolle Partie, Alexander Perlefter hätte sie nicht besser zustande bringen können. Fredy hatte sich in eines der reichsten Häuser hineinverlobt, sein Schwiegervater war der Lederwarenfabrikant Kofritz, jener Kofritz, von dem alle Taschenspiegel, Galanteriewaren, Sportjacken, Maulkörbe für Hunde, Pferdesättel und Reisemaniküren des Landes stammten; jener Kofritz, der die besten ledernen Klubsessel der Welt herstellte, wunderbare Sitz- und Ruhegelegenheiten, die je nach dem Umfang ihres Benützers weit, schmal, kurz, niedrig und hoch einzurichten waren. Es war derselbe Kofritz, dessen Initialen auf den vornehmsten Reisekoffern der vornehmsten Reisenden zu sehen waren, dessen Wappen ein Löwenfell war mit der gedruckten Devise: Achtung auf die Schutzmarke. Herr Leopold Kofritz hatte sein Vermögen selbst gemacht, wie der Herr Perlefter auch. Aber in den wichtigsten Dingen unterschieden sich die beiden Geldmänner voneinander. Vor allem darin, wie sie das Geld ausgaben. Wenn man wohl sagen kann, daß zum Geldverdienen Talent gehört, so kann man mit viel mehr Recht be-

Zum Geldverdienen . . .

... gehöre Talent, zum Geldausgeben Charakter, heißt es. Oder wie Berthold Auerbach 1869 in seinem «Landhaus am Rhein» schrieb:

«Viel Geld erwerben ist eine Tapferkeit; Geld bewahren erfordert eine gewisse Weisheit, und Geld schön ausgeben ist eine Kunst.»

Es läßt sich auch umstellen: Geld erwerben ist eine Kunst, Geld schön ausgeben erfordert eine gewisse Weisheit, und Geld bewahren ist eine Tapferkeit.

Pfandbrief und Kommunalobligation

Meistgekaufte deutsche Wertpapiere - hoher Zinsertrag - schon ab 100 DM bei allen Banken und Sparkassen

Verbriefte Sicherheit

haupten, daß zum Geldausgeben ein Charakter nötig ist. In diesem Sinne möchte ich die beiden Schwiegerväter dadurch kennzeichnen, daß ich feststelle: Perlefter hatte nur Talent. Kofritz aber war ein Charakter.

Leopold Kofritz war bekannt als ein «großzügiger Kaufmann». Er strebte nicht wie Perlefter nach dem Bedauern der Umgebung, sondern nach ihrem Neid und ihrer Bewunderung. Er wollte nicht geliebt, sondern gefürchtet sein. Er wollte die Mitmenschen nicht gewinnen, sondern verblüffen. Er war eine brutalere, weniger furchtsame, aber keineswegs entschiedene Natur. Sein Zögern trug allezeit die Maske der Entschlossenheit. Wenn er selbst noch lange nicht wußte, was er wollte, so schien es den andern, als wüßte er es bestimmt. Man sagte von ihm, daß er vom ersten Augenblick seiner Laufbahn gewußt habe, daß er die besten Lederwaren Mitteleuropas erzeugen würde. Er selbst erzählte gern von seinen Anfängen, und er versicherte allen, die es ohnehin schon glaubten, daß er noch als Lehrbursche der Stahlwarenbranche das größte Interesse für Koffer gehabt hätte. Wenn man ihn so reden hörte, mußte man glauben, daß die wirklichen Kaufleute und Fabrikanten mit ganz besonderen Begabungen gerade für ihre Branche von Gott selbst begnadet wären; ähnlich wie Bildhauer, Maler und Musiker. Man zweifelte nicht daran, daß den jungen Leopold Kofritz eine innere Stimme zu den großen Auslagen der Lederindustrie gerufen hatte. Er war auserlesen vom Schicksal zur Begründung jener vornehmen Lederartikel und der zwar nicht originellen, aber sinnreichen Schutzmarke.

Er war kleingewachsen, derb, breitschultrig, er hatte eine niedrige Stirn und dichtes, schwarzes, steifes Haar. Obwohl er von geringer Körpergröße war, erfüllte er doch den Raum mit seiner Persönlichkeit. Er verlangte nicht etwa wie Perlefter vollkommene Schweigsamkeit. Man konnte ihm sogar widersprechen. Er entkräftete mit seinem gesunden Lächeln, seinen weißen starken Zähnen, seinen blutvollen roten Lippen, seinen zusammengekniffenen blitzenden Augen jedes Argument. Obwohl er niemals recht hatte, behielt er es doch immer mit der Selbstverständlichkeit des Stärkeren, der keiner Logik bedarf, weil er die Kraft besitzt. Herr Kofritz machte keine kleinlichen Ausflüchte wie Perlefter. Er sagte nur: «So! Meinen Sie?» und in dieser Frage lag die ganze Verachtung eines Kenners gegenüber einem Dilettanten. Es gab kein Gebiet, das Herr Kofritz nicht beherrscht hätte. Es schien, daß er alles mitgemacht hatte. Aber er hätte gar keiner Erfahrung und keines Erlebens bedurft, um gehört und beachtet zu werden. Er hatte die besten und unwiderleglichsten Zeugen für alle seine Behauptungen: Gesundheit und Reichtum. In der Gesellschaft, die bei Perlefter verkehrte, war der Herr Kofritz der reichste. Er unterhielt die besten Beziehungen. Er war so mächtig, daß er es nicht nötig hatte, den Klub zu besuchen, in dessen Räumen seine Sessel und Sofas standen. Ja, es war, als würde er seinen Einfluß auf die höchsten Stellen des Landes durch seine Sitzgelegenheiten ausüben. Man legt nicht umsonst den Ministerstühlen so viel Bedeutung bei.

Herr Kofritz war ein imponierender Mann in jeder

Hinsicht. Er gab viel mehr Geld aus als Perlefter, er hatte ein großes Haus, eine Menge Diener, ein Geschäftsauto und einen Luxuswagen, zwei schöne Hunde, er ging auf die Jagd, er konnte sogar schießen, er verkehrte mit höheren Offizieren und radikalen Monarchisten, und er war selbst einer Monarchie nicht abgeneigt. Er fürchtete nicht die Autoritäten wie Perlefter, aber er liebte sie, wie man seinesgleichen liebt. Herr Kofritz hatte zehn Titel und zwanzig Ehrenämter, seine Würden vermehrten sich, sein Vermögen wurde immer größer, seine Fabriken wuchsen, und seine Arbeiter hungerten nicht einmal. Obwohl sein Vater noch als mäßig begüterter russischer Jude eingewandert war, hatte Herr Leopold Kofritz Haltung, Stimme, Tonfall, Benehmen, Sicherheit und Weltanschauung eines Eingesessenen, Bodenständigen, Konservativen. Er gehörte zwar dem Verein zur Abwehr des Antisemitismus an, aber auch dem zur Abwehr des Ostjudentums. Er wählte die Mittelpartei und bekannte sich, wenn man ihn fragte, zu ihren politischen Zielen. Aber am besten amüsierte er sich im Kegelklub der Konservativen, und er gab für nationale Zwecke ebensoviel Spenden wie für den Fonds republikanischer Kriegsteilnehmer. Er gab nach beiden Seiten mit der gleichen Entschiedenheit. Neimand sollte ihm etwas vorwerfen können. Er gehörte zu jenen öffentlichen Wohltätern, die hervorragende Plätze in den Listen der berufsmäßigen Schnorrer einnehmen und in denen der Wohltätigkeitsdamen. Sein Name stand in allen Zeitungen, in allen Ausweisen über eingelaufene Spenden. Er erzählte einmal selbst bei Perlefter, daß er für

Wohltätigkeitszwecke eigens ein Büro errichtet hatte, dessen Aufgabe es war, Bedürftige abzufertigen, in den Blättern die öffentlichen Sammlungen zu kontrollieren und Bittbriefe zu erledigen. Der Herr Perlefter sprach einige Tage lang von diesem Büro.

Es schien mir, daß Herr Kofritz auch mit der Wahl seiner Tochter einverstanden war. Er wollte Fredy «ins Geschäft» nehmen. Vorläufig mußte Fredy ein tüchtiger Reiter werden. Er ritt jeden Morgen durch alle Alleen, die man in der Nähe auftreiben konnte. Frau Perlefter ließ sich einmal hinausfahren, um ihren Sohn reiten zu sehen. Fredy ging auch am Nachmittag gerne im Reiterdreß. Er trug eine breite weiße Krawatte, und die Familie sagte, er sehe aus wie ein Lord. Herr Kofritz schenkte ihm ein Pferd. Auf dem Sattel befanden sich die Initialen mit der Schutzmarke. Die Reitgerte Fredys hatte ihresgleichen nicht in der ganzen reitenden Welt. Diese Gerte war neu und dennoch abgegriffen wie die eines alten Reiters. Der Griff bestand aus einem Eulenkopf mit Bernsteinaugen. Eine wunderbare Lederschleife wedelte unten selbständig wie ein Hundeschwanz.

Wenn man Sportzeitschriften und Bilder genau betrachtet, so erfährt man, daß jedem edlen Reiter ein edler Hund zu folgen hat. Diesem Gesetz gehorchte Fredy. Er kaufte sich zum großen Schrecken seines Vaters einen Wolfshund, der sehr zahm war und von dem Fredy behauptete, er wäre wild und bissig. Ich habe in meinem Leben noch keinen so gütigen, sanften und zutraulichen Hund gesehn. Aber die ganze Familie zitterte vor seiner furchtbaren Bissigkeit. Die ganze Familie bewunderte Fredy, der seine Hand zwischen die weißen und scharfen Zähne des Tieres legte. Fredy kam sich vor wie ein Löwenbändiger. Perlefter sagte: «Ich will keinen Hund in der Wohnung.» Und man baute dem stillen Tier, das wie ein frommer Dulder durch das Leben schlich, einen Zwinger im Hof und ließ es höchstens ins Vorzimmer, wo es sich neben den Kleiderständer lagerte, wie um sich von diesem Gerät bewachen zu lassen. Aber wenn Perlefter das Vorzimmer betreten mußte, so sagte er: «Fredy, nimm den Hund hinaus!»

Und ebenso wie man den Hund fürchtete, bewunderte man die Braut. An dieser Braut war alles wunderbar. Zuerst ihr Name, sie hieß: Tilly. Fredy nannte sie: Till. Ihr Haar war dunkelblond. Die Familie sprach von einem «kupfernen Glanz». Tilly hatte lange Zähne und eine kurze Lippe, man sah das entblößte Zahnfleisch, wenn sie lachte. Die Familie sagte, wenn sie lachte: «Ein einzigartiges Gebiß, Zähne wie Perlen.» Tilly war schlank mit der deutlichen Neigung, breit in den Hüften zu werden. Die Familie prophezeite ihr ewige Schlankheit. Wenn sie lachte, pries man ihre ewige Heiterkeit. War sie trübsinnig, so bewunderte man ihren reifen Ernst. Zankte sie mit Fredy, so war man entzückt von ihrem Temperament. Schäkerten beide, so sprach man von Tillys «mütterlichem Gemüt». Sogar die Schwestern Fredys, mit Ausnahme der mit ihrem Chemiker beschäftigten Karoline, waren in Tilly verliebt. Sie gingen jetzt zu den Schneidern, die für Tilly nähten. Sie ließen sich die Adressen neuer Modistinnen geben. Perlefters jüngste Tochter gab alle wissenschaftlichen und sozialen Ziele auf. Sie kehrte zu den Traditionen ihres Geschlechtes zurück, kümmerte sich nicht mehr um uneheliche Wöchnerinnen, las die sozialen Zeitschriften nicht mehr, die man ihr jede Woche ins Haus lieferte, und vernachlässigte alle Wohltätigkeitsbälle. Margarete wurde wieder hübsch, wie damals, als sie noch achtzehn Jahre gezählt hatte.

Der gute Einfluß des Hauses Kofritz auf das Haus Perlefter war unverkennbar. Henriette hätte das erleben müssen! Sie hätte erleben müssen, wie man ranzige Butter den Katzen der Portiersfrau schenkte, statt sie für Sonntagsgebäck zu verwenden. Aber Henriette war jetzt eine reiche Bäuerin, und ihr Mann wollte nicht sterben.

Die Verbindung beider Häuser war in jeder Beziehung segensreich. Es erwies sich, daß man bei Lederwaren auch die Hilfe der Chemie in Anspruch nehmen konnte, und Karolines Chemiker bekam eine Anstellung. Diese Tatsache söhnte ihn mit der Welt aus, die er immer schüchtern und verdrossen behandelt hatte. Er wurde gesprächig, und in ihm erwachte das Talent, Anekdoten zu erzählen. «Der junge Mann ist ein guter Gesellschafter!» sagte Perlefter. Der Chemiker konnte auch verschiedene spannende Kartenkunststücke und andere Zauberdinge. Seitdem er keine verletzten Hände mehr hatte, war er flink, und ehe man sich's versah, waren Kupfermünzen in seinen Rockärmeln verschwunden.

Weshalb sollte er auch nicht die Annehmlichkeiten des Lebens genießen? Er war sehr lange arm gewesen, und die Armut, die so viele Nachteile hat, entschädigt ihre Lieblinge durch einen Ernst, den sie ihnen verleiht, auch wenn sie ihn nicht verdienen. Es sehen manche Menschen nur deshalb bedeutend aus, weil sie arm sind, und man ist geneigt, einem Hungerleider ein Genie zuzubilligen, das in Wirklichkeit nur Elend ist. Die große Ungerechtigkeit der Weltordnung verleitet uns dazu, den Armen auch noch Werte beizumessen, obwohl Armut allein schon Anlaß wäre, den von ihr Befallenen zu lieben. Der gute Chemiker Karolines (er hieß Anton) sah mit seinen verletzten Händen so genial aus, daß ich dachte, er würde morgen oder übermorgen ein neues Schießpulver erfinden. Als er in den ersten guten Anzug schlüpfte, entwickelte er banale gesellschaftliche Talente, und ein paar Wochen später war er Angestellter einer Lederfabrik. Ich nehme es ihm trotzdem nicht übel. Vielleicht hätte er wirklich ein überflüssiges Schießpulver erfunden?

Die Familie Kofritz wohnte in einem Vorort, dort, wohin kein Staub dringt, in einem Bezirk, aus dem die Bazillen verbannt waren. Vor dem Hause befand sich ein kleiner Ziergarten, hinter dem Hause ein weiter Obstgarten, in dem die Vögel aus der ganzen Umgebung zusammenkamen, um zu zwitschern. Die Terrasse des Hauses lief in diesen großen grünen Garten hinaus, und man lud am Nachmittag den Herrn Perlefter zu einem Tee auf der Terrasse ein. Der Herr Perlefter klagte dann über Kopfschmerzen. Er konnte so viel zwitschernde Vögel nicht vertragen. Er lobte sein eigenes Haus, weil es keine Terrasse hatte, und fragte halb mitleidig und halb entrüstet: «Wozu baut sich der Kofritz Terrassen?»

Es gab ein paar Kleinigkeiten, die dem Herrn Perlefter nicht gefielen. Ich glaube, sagen zu dürfen, daß Herr Perlefter sich zu rächen suchte für das Lob, das er täglich einige Stunden lang vor Fremden und Heimischen dem Herrn Kofritz singen mußte. Deshalb suchte Alexander Perlefter nach kleinen und besonders nach größeren Schwächen. Daß Kofritz zuviel Geld ausgab, ärgerte ihn. Daß Fredy reiten mußte, statt sich «im Geschäft umzusehn», tadelte er. «Ich kann auch nicht reiten!» sagte Perlefter. Aber niemand außer seiner armen Frau kümmerte sich jetzt noch um seine Ratschläge und seine schlechten Launen. Er blieb immer länger im Klub, wo man ihn seiner neuen Verwandtschaft wegen schätzte. Er ließ sich feiern, und dennoch glaube ich, daß es ihn nicht freute, wenn man ihn feierte und eigentlich Kofritz meinte.

Die Tante Kempen kam, um sich «Provision» zu holen. Mit Recht hielt ihr Perlefter vor, daß sie diese Partie gar nicht zustande gebracht hatte. «Diese Ehe ist wirklich im Himmel geschlossen worden!» sagte Perlefter und warf einen Blick zur Zimmerdecke. Die Frau Perlefter weinte, sie konnte keinen Zank vertragen, und sie beeilte sich, die Tante Kempen mit den kostbaren Ananas zu traktieren. Tante Kempen aß Ananas, als wären diese herrlichen Früchte gewöhnliche Äpfel. So empört war sie. Einmal sagte sie: «Diese Ehe ist noch lange nicht fertig! Es ist erst eine Verlobung!» Da griff Perlefter nach seinem Scheckbuch und zahlte der Frau Kempen die Provision. Dafür mußte sie die Ananas entbehren, und sie bekam Kirschen, die um diese Zeit gerade zu reifen begannen.

Frau Kempen legte keinen großen Wert auf Ananas,

sie war nicht beleidigt, sie wollte nur eine Einladung bei Kofritz durchsetzen, und es gelang ihr. Der Herr Kofritz wollte eine arme Nichte, die bei ihm lebte, verheiraten und sich der Frau Kempen bedienen. Frau Kempen wußte auch einen passenden Mann, einen jungen Journalisten, der in einem großen Verlag diente und auf den Tod des Lokalredakteurs wartete, um heiraten zu können. Zum Glück schlüpfte der junge Mann namens Hirsch in die Filmredaktion des Blattes und bekam eine Gehaltserhöhung.

Ich traf den jungen Mann bei Perlefter. Der Herr Hirsch hatte eine bedeutende Physiognomie und trotz seiner Jugend wenig Haare. Frau Perlefter machte den treffenden, aber etwas allgemeinen Vergleich, daß der junge Mann «wie ein Schauspieler» aussehe. Er hatte kurze Beine und einen langen, dikken Oberkörper. Seine Nase sprang vor, hart, gebieterisch und selbstbewußt.

Dieser junge Mann galt als ein «begabter Schriftsteller» in der Familie. Er brachte manchmal Freikarten. Der Herr Perlefter hielt viel von diesem jungen Mann, obwohl er noch wenig verdiente. Leider lag Julie Perlefter wieder einmal im Bett. Noch ehe sie gesund wurde, hatte sich der junge Herr Hirsch für die Nichte des Hauses Kofritz entschieden.

Mir scheint, daß es später, als Julie aufstand, dem Herrn Hirsch leid tat, daß er sich so beeilt hatte. Er hatte sich fürs Leben entschieden und konnte nichts mehr gutmachen.

Er heiratete bald und bekam die Leitung des Filmteils. Hätte er die Tochter Perlefters genommen, er wäre bestimmt in den Handelsteil geschoben worden, in jene Rubrik, in der die bedeutenden Schriftsteller Interesse für die Börse gewinnen.

Fräulein Julie war nun voraussichtlich für ein halbes Jahr gesund, und Frau Kempen nutzte die Zeit. Sie kannte einen Zahnarzt ohne Praxis, der große Lust hatte, sich zu etablieren.

Es war ein schöner junger Mann mit rosa Mädchenwangen und blanken blauen Augen und einem kurzen Schnurrbärtchen. Er erzählte gerne «Witze für Herren», und er amüsierte den Herrn Perlefter immer in einer Ecke.

Man zog über sein Vorleben Erkundigungen ein und erfuhr, daß er eine Geliebte hatte.

Herr Perlefter hatte nichts gegen eine Geliebte, die man abfertigen konnte. Außerdem war ihm cin Zahnarzt in der Familie sympathisch. Wie oft hatte der und jener Zahnschmerzen. Die Rechnungen der Zahnärzte häuften sich immer am Ende des Jahres.

Der Herr Perlefter war überhaupt für praktische Schwiegersöhne, wie ich schon einmal erwähnt habe. Alles, was eine Gefahr, was ein Schmerz, was ein Unheil sein konnte, sollte sofort gebannt werden. Einen Rechtsanwalt ersehnte er für die jüngste Tochter. Indem sich der Herr Perlefter so mit einer Schutztruppe von Fachleuten umgab, glaubte er am besten sich und die Seinigen sichern und Geld sparen zu können.

Leider hielt Julies Gesundheit nicht, wie man vorausgesehen hatte, sechs Monate vor. Sie bekam einen Abszeß, eine häßliche und geradezu proletarische Krankheit und überdies noch an einer Körperstelle, von der man nicht ohne weiteres sprechen durfte und die man erriet, weil man sie verschwieg.

Infolgedessen konnte Julie nicht auf dem Rücken liegen, und das Bett machte ihr gar keinen Spaß mehr. Sie wurde zweimal operiert, der Hausarzt kam zweimal am Tag und der Chirurg dreimal in der Woche.

Als man den Verband abnahm, war Julie sehr mager geworden, und da ohnehin die Zeit der Sommerfrische gekommen war, beschloß man, einen Kurort aufzusuchen.

Der Herr Perlefter, dessen Verdauung nicht ganz ausgezeichnet war, sollte in ein Bad für Magenkranke. Er mußte Wasser trinken und sich Bewegung machen. Dagegen brauchte seine Frau vollkommene Ruhe, denn sie war nervös.

Karoline wollte mit dem Chemiker einen stillen Ort aufsuchen, einen jener Orte, in denen man am besten Idyllisches erlebt. Fredy sollte mit der Familie Kofritz zuerst ein bißchen durch Europa fahren und dann in der Schweiz bleiben, wo es Berge für Touristen und Täler für Autofahrten gibt.

Die jüngste Tochter, Margarete, sollte ihre Mutter begleiten, obwohl es sehr langweilig war. Frau Perlefter aber konnte nicht allein fahren. Sie kannte sich nicht aus, sie verstand keinen Fahrplan, sie war schüchtern und furchtsam sogar, und es war ihr unmöglich, allein in einem Hotelzimmer zu schlafen.

Es blieb also Julie, die mit der Mutter nicht fahren wollte, weil Margarete dabei war. Der Abszeß hatte die Bewerbung des schönen Dentisten unterbrochen, und man mußte ihm Gelegenheit geben, sie in einem Sommerkurort fortzusetzen. Da konnte Margarete stören, denn sie war schöner und gesünder. Es war vorauszusehen, daß Julie auch in einem Kurort das Bett aufsuchen würde. Dann mußte der eingeladene Zahnarzt Margarete begleiten, und man weiß, daß die Spaziergänge in Kurorten einsam sind und am Abend so spärlich beleuchtet, daß sie zu unbedachten Handlungen verführen.

Es galt also, viele schwierige Aufgaben im Hause Perlefter zu lösen, und man zog sogar mich zu Rate, obwohl ich in solchen Angelegenheiten ein Laie bin. Nichtsdestoweniger schlug ich vor, den Zahnarzt nur dann einzuladen, wenn Julie vollkommen gesund sein würde. Man konnte ihn für eine Woche einladen und Margarete unterdessen zu ihrem Vater schicken.

Dabei blieb es.

Mitte Juli zerstreute sich die Familie Perlefter in viele Erholungsgegenden, und ich ging viermal zur Bahn mit Blumensträußen.

Man bat mich, von Zeit zu Zeit einen Blick ins Haus zu werfen. Das versprach ich. Man teilte mir mit, daß die silbernen Geräte im Ofen des Salons aufbewahrt seien.

Die Alpakatassen standen im Wäscheschrank. Auf dem Boden lagen die Teppiche zusammengerollt. Die Lampen hingen in großen weißen Säcken. Die Fenster waren kahl wie in Krankenzimmern, die Vorhänge lagen in der Waschküche. Es roch nach Kampfer gegen Motten, und jeden Abend ließ die Köchin das Grammophon spielen.

In diesem Sommer fuhr ich zu Henriette ins Dorf und lebte bei ihr und freute mich zu sehn, wie tüchtig sie war. Ihr Mann fürchtete sich vor ihr. Den Knechten gab sie Ohrfeigen, den Mädchen Püffe. Alles war sauber in diesem Bauernhof, die Kettenhunde liebten Henriette und ließen sich nur von ihr füttern. Manchmal schlachtete sie die Hühner selbst, mit blankem Messer tat sie einen sichern Schnitt, und dann bekam ich gute Suppen. Sie ließ mich nicht vor acht Uhr früh aufstehn, und nach Sonnenuntergang erzählte sie mir, daß der Bauer noch höchstens ein Jahr zu leben hatte.

Henriette war immer noch schön, es schien mir jedenfalls so, und ich gestehe, daß ich nicht ganz sicher bin, ob sie auch andern so schön vorgekommen wäre. Damals wäre ich gerne ein Bauer geworden, der sät, pflügt und erntet und niemals eine Zeile schreibt.

Als ich wieder in die Stadt kam, warteten Briefe auf mich. Fredy hatte unterwegs geheiratet, die Feier sollte später stattfinden. Auch Karoline hatte sich mit dem Chemiker trauen lassen. Der Zahnarzt war nahe daran, sich mit Julie zu verloben. Frau Perlefter hatte keine Kopfschmerzen mehr. Herrn Perlefters Verdauung ließ nichts zu wünschen übrig. Margarete tanzte fleißig und nahm dennoch zu, und überall war schönes Wetter. Es regnete selten in diesem Sommer. Solch ein trockener Sommer ist geeignet, alle Menschen, die Geld haben, in gute Laune zu bringen.

7

Ein halbes Jahr später, es war Winter, die Jahreszeit der Bälle und der Damenschneider, verlobte sich Margarete mit einem Herrn in den besten Jahren, der Tischlampen erzeugte. Seine Tischlampen waren von ganz besonderer Art, aus einem Material, das wie Porzellan aussah und dennoch niemals zerbrach, mit bunten Ornamenten verziert, die niemals verblassen konnten, mit beweglichen Schirmen, deren Lage zu verändern war. Das Wichtigste an diesen Lampen aber machte die wunderbare Tatsache, daß jenes porzellanähnliche Material hohl war und im Innern eine oder mehrere kleine Glühbirnen enthielt, so daß es ein mattes, mildes, milchiges Licht ausströmte, den Raum verdunkelnd und dennoch erhellend, die vorzüglichste Beleuchtung für Menschen, die an Schlaflosigkeit leiden, die Finsternis fürchten und von einer Lampe gestört werden. Eine Beleuchtung, die auch für Salons zu verwenden war, in denen intime Gesellschaften saßen, für Liebende, die einander nicht mehr erkennen müssen, aber immer sehen wollen, für alternde und schlechtaussehende Frauen, deren Gesichtsschnitt immer noch schön ist, wenn ein halber und farbiger Schatten auf ihren Zügen liegt.

Man soll nicht immer von den Werken eines Menschen auf seinen Charakter schließen. In diesem Fall aber möchte ich es mir nicht versagen, einen Zusammenhang festzustellen zwischen dem sanften Licht der Tischlampen und der lyrischen Seele des Herrn Sedan – so hieß Margaretes Verlobter. Der historische Name hat nichts zu besagen. Wenn man den Herrn Sedan sah, dachte man nicht an Geschichte. Er sah dick und milde aus, er besaß die sanfte Nachgiebigkeit und herzliche Güte jener Menschen, deren Seelen wohlverpackt und vor jedem Angriff behütet in gut ausgestatteten Körpern liegen wie in sorgfältig gepolsterten Etuis. Auf dem breiten Nasenrücken Sedans saß der altertümliche schwarze Kneifer mit den dicken, scharfgeschliffenen Gläsern, welche die braunen, etwas zu großen Kugelaugen verkleinerten, ohne ihnen den Glanz der Güte zu rauben. Herr Sedan trug dunkle Anzüge, die ihn schlank machten, seinen Bauch vergessen ließen und die mädchenhafte Röte seiner Wangen milderten. Wenn man von Menschen, die keine Gedichte schreiben, dennoch sagen kann, sie wären Lyriker, so nenne ich den Herrn Sedan einen Lyriker, einen passiven Lyriker. Und selbst dieses einschränkende Attribut verliert seine Berechtigung, wenn ich bedenke, daß die Lampen der Fabrik Sedan wirkliche Gedichte waren.

Allein, man weiß noch aus Margaretes Vergangenheit, daß es ihr Ehrgeiz war, einen «Salon» zu besitzen, in dem wirkliche Künstler verkehren sollten. Infolgedessen begann ihr Verlobter, eine künstlerische Zeitschrift zu finanzieren. Es fand sich ein schöngeistiger Mann, der Plaudereien schreiben konnte und der schon lange Geld gesucht hatte. Er hieß Doktor Feld und schrieb unter einem italienischen Pseudonym über Mode, Kunstausstellungen, gesellschaftliche Ereignisse und über Frauen. Dieses letzte Thema behandelte er in der Form von Aphorismen, die er in verschiedenen Zeitschriften verstreute, wie ein Sämann Samen über Äcker streut. Man las die Aphorismen dort, wo die Skizzen aufhörten und die Inserate langsam aufzutauchen begannen, kleine Zeilen, von Gedankenstrichen unterbrochen, auf glänzendem, glatten Papier, in zartem Druck, und der Leser ahnte sofort: Hier spricht ein Erfahrener, ein Mann von Geist und Welt. Herr Doktor Feld rief jetzt eine neue Zeitschrift ins Leben, sie war reich ausgestattet, erschien unregelmäßig, nicht etwa weil es ihr an Geld fehlte, sondern weil ihr Herausgeber und Schöpfer die Unregelmäßigkeit für ein Zeichen und ein Gebot der Vornehmheit hielt.

Alle begüterten Mitglieder der Familie und ihre entfernten Verwandten abonnierten diese Zeitschrift. Sie führte einen etwas unverständlichen Namen, sie hieß: «Der blaue Rand», und ich nehme an, daß der Herr Doktor Feld selbst diesen Namen erfunden hat. Viele Mitarbeiter verkehrten bei Frau Margarete Sean am Mittwochnachmittag. Sie trug wunderbare Kleider und nahm sachte zu. Sie lernte allerlei. Man empfahl ihr einen jungen Dozenten für Geschichte. Er kam und hielt vor einem kleinen Kreis Vorträge über Napoleon. In den Kreisen, die Margarete umgaben, wurde Rußland modern. Margarete fing an, Russisch zu lernen. Ihr Lehrer war ein geflüchteter russischer Ingenieur ohne Papiere und ohne Geld. Er sprach gerne von den Grausamkeiten der Bolschewiken, und man kann sagen, daß er davon lebte. Er gefiel allen Menschen, die sich über Revolutionen ärgern. Es ist sehr angenehm, gerade diesen Menschen zu gefallen, denn sie sind es, die Geld haben. Der Ingenieur gab vielen Frauen russische Stunden. Er war ein kleiner flinker Mann mit einem kahlen Schädel und tiefen wäßrigen kleinen Augen. Margarete sagte, er hätte etwas Dämonisches. Herr Sedan sprach mit ihm über die Elektrizität. Manchmal vermittelte der Ingenieur auch Geschäfte. Er hatte Beziehungen zur Filmbranche, und er verkaufte gegen Provision Apparate. Er verachtete nichts. Er machte alles, was sich unterwegs traf. Eine Zeitlang betrieb er Propaganda für ein russisches Kabarett. Im Winter begleitete der Ingenieur die Familie Sedan nach der Schweiz. In der winterlichen Stille eines Kurorts, im Angesicht der majestätischen Berge mußte sich irgend etwas ereignet haben, was den Herrn Sedan veranlaßte, sich von Margarete scheiden zu lassen. Der Ingenieur bekam andere Schülerinnen. Margarete zog wieder in das Haus Perlefter.

Da war sie nun. Drei Wochen weinte Frau Perlefter. Zum Scheidungsprozeß kam Margarete in einem hochgeschlossenen, züchtigen Kleid. Ihr Anwalt sagte: «Entzückend.» Am Abend kam Tante Kempen mit neuen Vorschlägen. Der Herr Perlefter wollte in ein Sanatorium, um sich von den Anstrengungen zu erholen. Später wollte er gerne über einen neuen Schwiegersohn nachdenken. Aber knapp einen Tag vor seiner Abreise brachte Margarete einen Bankbeamten ins Haus, der allen gefiel, weil er sehr bescheiden war. Perlefter schob seine Reise auf. Zwei Wochen später heiratete Margarete ihren Bankbeamten. Herr Perlefter nahm ihn ins Geschäft. Plötzlich meldete sich Doktor Feld wieder. Er begann, vom «Blauen Rand» zu sprechen. Margarete versprach ihm, die Mittel zu verschaffen. Sie verkaufte ihren Schmuck, und eine Woche später sah alle Welt ihr Bild im «Blauen Rand». Die Mittwochnachmittage lebten wieder auf.

Margarete wurde wieder dick. Sobald sie verheiratet war, nahm sie zu, und gar nichts half. Jeden Morgen turnte sie. Man empfahl ihr einen Masseur, einen berühmten Masseur, der die vornehmsten Häuser der Stadt bediente und die höchsten Preise nahm. Es war ein schöner muskulöser Mann in Ledergamaschen mit breitem Mund und weißen, gesunden Zähnen. Der Bankbeamte war eifersüchtig, aber es half ihm nichts. Er spielte überhaupt keine Rolle in diesem Hause. Wenn Margarete gut gelaunt war, streckte sie ihm die Hand hin. Er mußte sie küssen. Wenn er sprechen wollte, unterbrach sie ihn. Schließlich fing er an, den Tee zu kochen, im Ofen nachzusehn, Wasser zu holen und in die Apotheke zu laufen. Er wollte sich unbedingt nützlich machen. Geduldigen Zuhörern erzählte er Schulgeschichten und Anekdoten aus dem Börsenleben. Er war leider ein schlechter Erzähler, und man wußte im ersten Satz seiner Erzählung schon das Ende. Der Doktor Feld verachtete ihn. Der Doktor Feld war fast so angesehen wie der Masseur. Ihm beichtete Margarete ihren Kummer. Von ihm ließ sie sich bestätigen, daß sie immer dünner werde. Aber die Waage zeigte seit Monaten dasselbe Gewicht an. Doktor Feld sagte: «Auch Maschinen sind unzuverlässig». Der Bankbeamte war dumm genug, die Redlichkeit der Waage zu verteidigen. Er wollte beweisen, daß der Masseur überflüssig sei: Aber er bewies nur seine eigene Entbehrlichkeit.

So vergingen die Monate. Perlefter war im Sanatorium, seine Frau wohnte bei Fredy, dessen Frau ein Kind bekommen sollte. Auch Karoline gebar ein Mädchen. Der Chemiker führte es spazieren. Er war ein guter Vater, und er hatte es nicht mehr nötig, ein Pulver zu erfinden. Er führte den Kinderwagen, wohnte draußen in ländlicher Bescheidenheit und bewies ein herzliches Interesse für Lederwaren.

8

Während sich der Herr Perlefter im Sanatorium von den Schicksalsschlägen erholte, die sein Haus heimgesucht hatten, landete an einer der europäischen Küsten Leo Bidak, mit seiner Frau und sechs Kindern und seinem ganzen Vermögen, das in einem einzigen Strohkorb mehr Platz gefunden hatte, als es verlangen konnte. Leo Bidak kannte ich noch aus meiner Knabenzeit und aus meiner Heimat. Auch er war mit Alexander Perlefter verwandt, ohne daß der Herr Perlefter auf diese Familienbeziehung besondern Wert gelegt hätte. Leo Bidak kam aus San Franzisko, er hatte mehrere Erdbeben erlebt und den europäischen Weltkrieg versäumt, er war hinausgefahrn, um Geld zu verdienen, aber er kam als Bettler zurück, und er versuchte, sich wieder «eine Existenz zu gründen», nachdem er in Europa sowohl wie jenseits des Ozeans mehrere Existenzen hatte aufgeben müssen.

Er war zweiundvierzig Jahre alt, ein Familienvater, er hatte viel erlebt und nichts erfahren, einige Berufe gehabt und keinen einzigen bis zur Vollendung beherrscht. In seiner Jugend war er Hafenarbeiter in Odessa. Damals konnte er noch breite Pflastersteine über dem Knie zerbrechen und einen Kosakensäbel auf einer Fingerspitze balancieren lassen, Haselnüsse zersplittern zwischen seinen Fingern, und junge Baumstämme entwurzelte er mit einer Hand. Er war so stark, daß er seine Kräfte auch beweisen mußte, und weil ihn die Hafenarbeit zuwenig anstrengte, ergänzte er sie durch die Schlägereien in Kneipen und in stillen Gassen. Am Sonntag trat er in einem Zirkus als Ringkämpfer auf und befolgte die Regeln ebensowenig wie die Gesetze des Staates, den er verachtete, weil er einer jener außergewöhnlichen Menschen war, für die der Staat eine dumme und die Freiheit raubende Einrichtung ist. Infolgedessen hatte Leo Bidak nicht nur die Behörden zu Feinden, sondern auch Berufsgenossen, und weil er nicht einmal dem Verband der Athleten angehörte, betrachtete ihn die Sportswelt als einen querulierenden Außenseiter, der in allen Preiswettkämpfen gewann, ohne Beiträge zu bezahlen, und alle Rechte genoß, ohne sich Pflichten zu unterwerfen. Außerdem war Bidak ein Liebling des Publikums, das keine Bedenken hatte, wenn er einen Fehlgriff tat, und das ihm alle Gesetzwidrigkeiten verzieh, während es andere, die sich gegen eine Regel vergingen, aus der Arena wegbrüllte.

Man sieht: Leo Bidak war ganz auf sich gestellt, ein Rebell auch innerhalb seines Standes, in keine Rubrik und in keine Gattung einzureihen, ein Einsamer und Mächtiger, der Gesellschaft abhold und sein eigener Verbündeter gegen zwei Welten. Er war klein und dick, seine Hände waren rund und weich, mit kurzen Fingern wie die eines Kindes, und dennoch war ihr Griff hart; diese Hand wurde sofort eisern, wenn sie sich zur Faust ballte. Ich habe einmal die Handflächen Bidaks gesehn und über ihre einfachen und klaren Linien gestaunt, die ich bei keinem andern getroffen habe. Es waren drei starke Furchen, zwei Querfalten, eine Längslinie, und alles andere war glatt, eine Handfläche wie aus gehobelter Haut. Nach den Regeln der Handlesekunst hatte Bidak mindestens hundertfünfzig Jahre zu leben, ohne Krankheiten, ohne Schmerzen, ohne Verwicklungen. Seine Hände waren Werkzeuge; wenn er nicht arbeitete und nicht schlug, hingen sie schlaff herunter wie eine Art von Hämmern an starken und runden Gelenken.

Auch sein Gesicht war einfach. Es bestand aus einer niedrigen Stirn, aus blauen, winzigen Augen, einer kurzen Nase, einem kleinen, aber breiten Kinn und zwei starken Wangen, an deren Oberfläche man die Kaumuskeln spielen sah. Hinter der Stirn lebten die einfachsten Gedanken, die Augen hatte nichts anderes zu tun, als Gefahren zu sehn, die Nase brauchte nur zu riechen, der Mund nur zu essen. Selbst die Haare Leo Bidaks waren nur da, um den Forderungen der Natur zu genügen. Sie hatten keine Farbe, sie waren weder dicht noch dünn, weder hart noch weich, und Bidak trug sie so, wie sie Gott wachsen ließ, in die Stirn gestrichen oder ganz kurz geschnitten, je nachdem, ob er Geld für den Barbier hatte oder nicht.

Denn Bidak besaß kein Geld, und er verdiente auch wenig. Die Preise, die er im Zirkus gewann, vertrank und verspielte er. Drei Würfel aus Menschenknochen klapperten immer in seiner rechten Hosentasche. Er gewann im Spiel nur, wenn er trank, er verlor, wenn er nüchtern war, deshalb kam er nie zum Geld, denn er gab es aus, um es einzunehmen. Er verlor es auch auf der Straße wie alles, was er zu sich steckte: Zettel, Uhren, einen Bleistift und glatte Kieselsteine, Schlüssel und Werkzeuge. Die glatten

Kiesel brauchte er, um sich im Zielen zu üben. Er besaß eine solche Geschicklichkeit im Steinschleudern, daß er eine bestimmte Fensterscheibe eines fahrenden Zuges treffen konnte. An freien Nachmittagen ging er hinaus in die Felder, an denen die Züge vorbeifuhren, legte sich ins Gras und nahm sich vor, wenn er einen Zug heranrollen hörte, die dritte oder vierte oder fünfte Fensterscheibe des drittletzten Wagens zu treffen. Er traf sie immer. Daß hinter den Fensterscheiben Menschen saßen, wußte er. Daß er Unbekannte traf, freute ihn sehr. Manchmal ließ er einen Drachen aus Zeitungspapier steigen. Er trug einen Knäuel harten und dunkelblauen Zwirn in der Tasche, einen Zwirn, den er mit seinen kleinen, breiten und scharfen Zähnen zerbeißen konnte und mit dem er sowohl seine Kleider als auch seine Stiefel nähte.

Eine Zeitlang war er in einer Schnapsbrennerei Kutscher, und der Duft des Alkohols betäubte ihn so, daß er betrunken war, ohne zu trinken. Mit Pferden wußte er umzugehn, denn sein Vater war Kutscher gewesen, Besitzer eines Wagens und zweier Schimmel, von denen der eine schon in jungen Jahren starb, der andere ein hohes Alter erreichte und nach dem Tode des alten Bidak noch drei Herren dienen durfte. Der alte Bidak trank viel und erfror einmal im Winter unterwegs in einem Graben, in den er mit Pferd und Schlitten gefallen war. Er hinterließ seinem Sohn ein altes Haus, eine Scheune, eine große Roßkopfuhr, die drei Tage gehen konnte. Pferd, Wagen und Schlitten kaufte der bärtige Kutscher Manes, der mit zwei Pferden einen ungeahnten Aufstieg nahm, viele Gäste gewann und sich eine neue Peitsche anschaffte, mit geflochtenem Griff, einem Stiel aus hartem Leder und einer sechsknotigen Leine. Leo Bidak konnte den Kutscher Manes nicht leiden. Leo fuhr zu den Verwandten seiner Mutter nach Rußland und wurde Arbeiter im Hafen, statt wie es sich gehört hätte, Pferd, Wagen, Schlitten und Gäste zu erben und mit einer neuen Peitsche zu knallen.

Als Kutscher in der Schnapsbrennerei schlief Leo eines Tages, vom Schnapsduft betäubt, auf dem Bock ein, die Pferde scheuten, ein Kind geriet unter die Hufe, und Bidak wurde entlassen. Er kam in eine Zucker- und Tee-Handlung en gros und beschäftigte sich mit dem Abladen und Aufschichten der großen schwarzgepackten Zuckerhüte. Er gewann eine große Fertigkeit darin und konnte einen halben Zentner auf einmal tragen dank einer Vorrichtung, die er selbst erfunden hatte, einer kleinen hölzernen Treppe aus drei Stufen, die auf dem Rücken hing und zehn Zuckerhüte auf jeder Stufe faßte. Einem Ringkämpfer, der Leo Bidak einmal im Geschäft aufsuchte, schlug er eine ganze Ladung Zuckerhüte auf den Kopf. Der Athlet war auf der Stelle tot.

Dieser Mord geschah im Hausflur, der die Kanzleien des Handelshauses von den Lagern trennte, im Halbdunkel zu einer Zeit, in der nur noch ein schwerhöriger Oberbuchhalter anwesend war, der weder den Streit noch den Fall des Zuckers und des Ringkämpfers gehört hatte. Bidak schleppte den Toten auf das angrenzende Grundstück, steckte den Hosenriemen des Athleten als Amulett ein und begrub die Leiche. Dann kehrte er in den Laden zurück. Der Oberbuchhalter hatte ihn vermißt und ihn gerufen, und weil er nicht gekommen war, wurde Leo Bidak entlassen. Nach einer Woche sprach man in Sportkreisen von dem plötzlichen Tod des Ringkämpfers. Hierauf machte sich Leo Bidak auf den Weg nach dem Westen.

In der Stadt Perlefters lebte seine Tante namens Frida Sammet. Sie besaß einen Feinputz- und Färbeladen, den sie selbst leitete. Ihr Mann, der Gelegenheitsgedichte machen konnte, war eine sanfte Natur, von seiner Frau mißbraucht und untertan gemacht, ein schweigsamer und witziger Mensch ohne Beruf und mit vielen Talenten. Er wollte einmal Schriftsteller werden, und er hatte auch schon ein Werk herausgegeben, einen Liebesbriefsteller für schüchterne junge Männer, der viele Leser und Käufer fand. Herr Sammet war für praktische Themen. Er schrieb eine Broschüre über die Maul- und Klauenseuche, über die Seele der Hunde und einen Protest gegen den Impfzwang. Er beschäftigte sich mit Okkultismus, Hypnose, Augendiagnostik, er besaß ein Mikroskop und einen Schmelzofen, er glaubte an ein Perpetuum mobile und an künstliches Gold, er las oft im Lexikon und in Fremdwörterbüchern. Er ließ sich kein Fremdwort entgehen, verfolgte jedes bis an seinen Ursprung und kam auf diese Weise zu einem unordentlichen, aber ausgebreiteten Wissen. Seine Frau war manchmal auf ihren gebildeten Mann sehr stolz, besonders wenn sie mit Fremden sprach. Zu Hause schalt sie ihn und zwang ihn, beschämende Arbeiten zu verrichten. Um zehn Uhr mußte er im Bett liegen, um sieben Uhr morgens aufstehn, er durfte keinen Alkohol trinken, nur drei Zigarren am Tag rauchen, nichts Gepökeltes essen, weder Hering noch Zwiebel, noch frisches Brot, noch gebratene Kartoffeln – alles Leckerbissen, nach denen sich der Herr Sammet sehnte. Er haßte seine Frau – worüber sich niemand wundern wird. Der Haß verband sie, wie eine Kette zwei Häftlinge bindet. Dennoch bekamen sie mit den Jahren ähnliche Gesichter. Man hätte sie für Geschwister halten können. Beide hatten dürre, schmale Wangen. Nur der Mund des Herrn Sammet war freundlich geschwungen. Der Mund der Frau Sammet aber war wie ein schmaler, langer und stark verblaßter Pinselstrich. Ihre Stimme war scharf und dünn wie eine Klinge. Die Stimme des Herrn Sammet kannte man nicht. Er sprach immer lautlos wie einer, dem die Stimmbänder fehlen.

Tag und Nacht sann er über eine Rache an seiner Frau nach. Ihm gehörte das Haus, in dem sie wohnten und in dem sich der Putzladen befand. Ein paar hundert Goldstücke verwahrte er in einem Geheimfach, es war die letzte Position, die er mit Erfolg gegen seine Frau verteidigte. Er sprach oft, gerne und fast leichtfertig über seinen Tod. Denn erstens fürchtete er sich nicht vor dem Sterben, sondern er freute sich auf das Jenseits, in dem er sich ganz genau auskannte, und auf seine Existenz als Geist, die er gesichert zu haben glaubte. Zweitens wußte er, daß er vom Leben nichts mehr zu erwarten hatte und daß die eiserne Gesundheit seiner Frau noch sehr lange anhalten würde. Wirkliche Freude konnte er nur noch als Toter genießen. Zu diesen Freuden gehörte das Bewußtsein, daß Frida die Goldstücke nicht finden würde. Aber auch das Haus gönnte er ihr nicht.

Es fiel ihr gesetzmäßig nach seinem Tode zu, wenn er es nicht noch bei Lebzeiten verschenkte. Aber er besaß keine Freunde und nicht einmal sympathische Bekannte.

Da erschien Leo Bidak.

Er kam gerade an jenem Unglückstage, an dem Frau Frida Sammet mit dem linken Arm in eine Fensterscheibe gestürzt war und sich die Pulsader aufgeschnitten hatte. Herr Sammet, der die Heilkunde beherrschte, wußte, daß es vor allem nötig war, das rinnende Blut aufzuhalten und den Arm in eine gestreckte, senkrechte Lage zu bringen. Weil er Phantasie hatte, legte er seine Frau auf den Tisch, schnürte den Arm über dem Handgelenk mit einem Handtuch ab, nahm die Hängelampe von der Decke und verband mittels eines Strickes den ausgestreckten Arm der Frau mit dem Haken am Suffit. So hilflos gefesselt und in der Mitte des Zimmers lag Frau Frida, als ihr Neffe Bidak ankam. In dieser Lage konnte sie ihm keinen warmen Empfang bereiten.

Bidak blieb im Geschäft. Er half den Mädchen beim Bügeln und Stärken der Wäsche, er sortierte die Hemdkragen und die steifen Hemdbrüste und befreite die weißen Fenstergardinen von den gelben Rostflecken. Den besseren Kunden brachte er die Wäsche nach Hause, und zu den säumigen Schuldnern ging er mit Rechnungen und Mahnbriefen. Frau Frida Sammet hätte Anlaß gehabt, mit ihm zufrieden zu sein, wenn die Unzufriedenheit nicht ihr Wesen gewesen wäre. Also war sie mit ihrem Neffen unzufrieden. Sie beklagte sich über ihn bei Herrn Sammet. Doch nahm dieser die Partei Bidaks. Frau Frida Sammet beklagte sich über ihren Mann bei Bidak. Dann erfuhr sie zu ihrem Schrecken, daß ihr Neffe und ihr Mann Freunde waren.

Ja, sie waren Freunde.

Herr Sammet sprach mit Bidak über alle schwierigen Fragen, welche die Menschheit bewegen. Sie gingen zusammen spazieren, beobachteten Sonnenuntergänge, stellten Windrichtungen fest und oblagen der Sternkunde in hellen Nächten. Auch die Politik besprachen sie. Leo Bidak war mit der Weltordnung ebenso unzufrieden wie der Herr Sammet. Sie waren beide unglücklich.

Sie waren entschlossen, die Welt zu reformieren. Dem Herrn Sammet verbot seine Frau, an sozialistischen Versammlungen teilzunehmen. Ihrem Neffen konnte sie es nicht verbieten. Um sie zu reizen, trug er rote Krawatten, er kam sogar zur Arbeit mit einer roten Nelke im Knopfloch, und am Ersten Mai ließ er die Plätterinnen nicht arbeiten.

Frau Sammet hätte ihn längst entlassen, aber sie konnte es nicht mehr. Je älter sie wurde, desto größer wurde der Kreis ihrer säumigen Kunden. Leo Bidak konnte man eine revolutionäre Gesinnung, aber keine Unzuverlässigkeit nachsagen. Er hatte viel Kraft, und an arbeitsreichen Samstagen bewältigte er über tausend steife Hemdbrüste. Um 6 Uhr legte er die Arbeit nieder. Für das Sortieren der Wäsche verlangte er einen Aufschlag. Er war unbedingt ein radikaler Sozialist.

Nach einem Jahr wußte er das Versteck, in dem Herrn Sammets Goldstücke lagen. Hierauf verlangte er eine Gehaltserhöhung. Frau Frida hoffte, von ihm das Geheimnis zu erfahren. Sie erhöhte das Gehalt

Bidaks, aber sie erfuhr nichts. «Das Geld liegt hinter dem Bild mit dem schwarzen Schiff», sagte Leo Bidak. Aber da lag es nicht. «Er hat es schon wieder versteckt», sagte Bidak.

Einmal erkrankte Herr Sammet. Er ließ einen Notar kommen und schenkte Leo Bidak ein halbes Haus.

Herr Sammet wurde wieder gesund. Aber es tat ihm nicht leid, Leo Bidak ein halbes Haus geschenkt zu haben.

Nun hatte Bidak ein halbes Haus. Er war schon 23 Jahre alt. In diesem Alter fängt der Mensch gewöhnlich an, sich nach einem Weib umzusehen. Bidak verliebte sich in ein Fräulein namens Ellen, die Stenographie gelernt hatte und eine Sozialistin war.

Leo Bidak und Ellen trafen sich oft, sie lasen Bücher, und Herr Sammet freute sich über diese junge Liebe.

Eines Tages erzählte Leo seiner Freundin, daß er einen Ringkämpfer getötet hatte. Er erzählte es nur, weil er sie heiß liebte und weil er ihr vertraute.

Aber Fräulein Ellen konnte den Gedanken nicht ertragen, daß sie einen Menschen küssen sollte, der ein Mörder war.

Drei Wochen lang wich Ellen ihrem Geliebten aus, und Leo nahm zusehends ab.

Dann suchte er Ellen auf und erhielt ihre Verzeihung.

Ich habe immer geglaubt, daß Ellen eigentlich gar nicht böse war wegen des Mordes. Im Gegenteil, es freute sie, einen so außergewöhnlichen Mann zu besitzen.

Eines Tages heirateten sie. Und es war der einzige Tag, an dem ich Frau Frida Sammet lächeln sah. Sie trug ein graues Seidenkleid mit schwarzen Schleiern, und sie rauschte wie ein Wasserfall. Die Familie Perlefter schenkte einen silbernen Tafelaufsatz für Obst.

9

Es war der Familie Perlefter nicht angenehm, Verwandte zu besitzen, die keine Tugenden aufweisen konnten, weder Vermögen noch Talente, noch ein gutes Benehmen. Ich glaube, daß der Herr Perlefter dieser Verwandten wegen viel zu leiden hatte. Denn es ließ sich nicht vermeiden, daß der Herr Sammet oder seine Frau sich bei besonderen Anlässen zum Besuch anmeldeten. Man konnte die Beziehungen zu diesem entlegenen Teil der Familie nicht abbrechen. Ich habe ja schon einige Male erwähnt, daß der Herr Perlefter überhaupt nicht gerne Beziehungen löste. Er hatte sogar einen stark entwickelten Familiensinn. Er hätte sich, wenn es nur auf ihn angekommen wäre, ganz gerne einmal genauer mit der Frau Sammet unterhalten, die ihn schon gekannt hatte, als er noch Lehrling in einer Mehlhandlung gewesen war. Allein, es kam gar nicht mehr auf den Herrn Perlefter allein an. Er mußte viel mehr Rücksichten auf die Welt als auf seine Familie nehmen, und man weiß, wie selten die Interessen der Welt mit denen der Familie zusammenfallen.

Es lag keineswegs im Interesse der Welt, daß Leo Bidak mit Perlefter zusammenkam. Dennoch kamen sie zusammen. Perlefter war nicht unfreundlich. Leo Bidak erschien eines Nachmittags mit seiner jungen Frau. Er ließ sie gar nicht zu Wort kommen. Er erzählte Geschichten aus Odessa. Die junge Frau wurde rot. Man bot ihm einen Kümmel an, und er trank drei. Dann verlangte er ein Butterbrot, denn er aß keine Süßigkeiten. Seine Frau schämte sich sehr.

Sie hatte eine braune Hautfarbe. Wenn ihr Angesicht rot wurde, war es hübsch. Sie hatte schmale Schultern und sehr breite Hüften. Ich sah schon damals, daß sie viele Kinder haben würde.

Und sie bekam viele Kinder. Zuerst kamen Zwillinge und schon nach sechs Monaten. Ein Jahr später gebar sie ein Mädchen. Nach vier Jahren waren es sechs Kinder, Mädchen und Knaben, und die ganze Familie wohnte im Hause Sammet.

Der alte Herr Sammet erlitt einen Schlaganfall. Die rechte Hälfte seines Körpers war gelähmt. Er lag im Rollstuhl und murmelte Flüche gegen seine Frau. Das Geschrei der Kinder stürmte durch alle Zimmer, durch die Korridore und den Flur. Leo Bidaks sechs Kinder nahmen sich aus wie dreißig. Sie zerbrachen das Treppengeländer. Sie brachten gestohlene Katzen ins Haus, die wieder junge Katzen gebaren. Frau Sammet nannte die Kinder «Bastarde». Sie verdächtigte den gelähmten Herrn Sammet der Vaterschaft. Denn sie war eifersüchtig.

Die junge Frau Bidak nahm gewaltig zu, sie hatte einen spitzen Bauch, immer, auch wenn sie nicht schwanger ging. Die Kleider paßten ihr nicht mehr, ihre Brüste hingen tief bis zum Gürtel, ihre braune Haut wurde gelb. Sie nannte ihren Mann «Mörder», wenn sie eine schlechte Laune hatte. Und sie kam oft in schlechte Laune.

Eines Tages erlitt der alte Sammet den zweiten Herzschlag und erwachte nicht mehr. Man begrub ihn ohne Tränen. Ich war dabei, und ich sah, wie sich die Kinder Bidaks freuten. Zum erstenmal trugen sie dunkle Mäntel und fuhren in einem Wagen. Der tote Herr Sammet wurde in überaus lustiger Weise bestattet. Leo Bidak lud die Totengräber zu einem Leichenschmaus ein. Alle Hinterbliebenen begaben sich in die nächste Schenke, und man aß und trank bis zum Einbruch der Dunkelheit. Es war im Sommer, die Sonne ging spät unter, und Leo Bidak war betrunken und bestieg mit der ganzen Familie einen großen Landauer. Unterwegs kaufte er bei einem Straßenhändler chinesische Lampions, entzündete sie und erregte in allen Straßen, durch die er fuhr, großes Aufsehen.

Allein, schon am nächsten Tage gab es Streit. Leo Bidak wollte nicht aufstehn. Er war jetzt nicht nur Besitzer eines halben Hauses, sondern auch der Herr im ganzen Hause, und er ließ sich nichts mehr von der Witwe Sammet befehlen. Die Goldstücke des Verstorbenen entnahm er dem Versteck, und er zeigte sie seiner Tante und füllte seine Hosentaschen mit Goldstücken und klimperte mit ihnen.

Diese Musik versetzte die Witwe in Zorn und Schmerz. Sie warf ein heißes Bügeleisen gegen ihren Neffen, traf ihn nicht, sondern einen Pack Vorhänge, die zu brennen anfingen.

Indessen ging Leo Bidak in einige Fabriken. Er war entschlossen, den Betrieb «ganz großzügig und amerikanisch» auszubauen. Zu diesem Zweck wollte er größere Plättmaschinen anschaffen. Er verachtete die mühselige Handarbeit. Er wollte eine richtige Wäscheputzfabrik einrichten.

Er besichtigte wunderbare Maschinen. Es gab solche mit doppelten Walzen, zwischen denen die nasse Wäsche getrocknet, gestärkt und gebügelt wurde, Maschinen mit großen Rädern, die sich ganz selbständig bewegten, aber eine Menge elektrischer Kraft brauchten.

Leo Bidak kaufte die umfangreichsten Maschinen modernster Konstruktion. Im Hof des Hauses errichtete er einen Maschinenraum. Es dauerte drei Monate, bis die Maschinen aufgestellt waren und in Gang kamen. Aber sie brachten nichts Gutes. Denn die Wäsche kam halbfeucht, gar nicht gestärkt und glanzlos gebügelt wieder aus den Maschinen, und die Kunden waren unzufrieden. Leo Bidaks Mädchen mußten nachbügeln, und es gab eigentlich doppelte Arbeit.

Hierauf inserierte Bidak in der Zeitung und bot die Maschinen zum Verkauf los. Ein Techniker, der eine neue Wäscheputzmaschine erfunden hatte, setzte sich mit Bidak in Verbindung. Bidak kaufte die neue Maschine.

Indessen siedelten sich in der Gegend viele neue Wäscherinnen an und zogen die Kunden an sich. Der bare Nachlaß des Herrn Sammet war längst verbraucht. Bidak begann, Hypotheken auf sein halbes Haus aufzunehmen.

Es waren hohe Hypotheken und außerdem noch kleinere Schulden, die Bidak das Leben verbittert hätten, wenn er nicht eine so heitere Natur gewesen wäre.

Er war eine heitere Natur. Sein Körper wurde immer breiter, sein Bauch runder, sein Angesicht voller, zwischen den Backen verschwanden Augen und Nase fast ganz, er kollerte mehr, als er ging, er aß und trank und freute sich über jede neue Sorge. Dabei vernachlässigte er auch nicht die Erziehung seiner Kinder. Er gab sich ihnen, im Gegenteil, sehr eifrig hin, und wenn der Erfolg auch nicht seinen Bemühungen entsprach, so waren ihm doch diese allein schon Lohn genug.

Denn Leo Bidak hatte schon lange niemanden geschlagen, und wer Ringkämpfer und athletische Naturen etwas näher kennt, wird wissen, daß diese Talente nicht lange rasten können. Am liebsten hätte Bidak seine Tante Sammet geschlagen. Aber erstens gewährte ihr dürrer Leib nicht jenen Widerstand, der jedem mit Begeisterung Schlagenden ein freudiger Ansporn ist, und zweitens war diese Tante Sammet der einzige Mensch, vor dem Leo Bidak sich immer mehr zu fürchten begann, je älter und dicker er wurde.

Es war, als hätte der Tod ihres Mannes in Frau Sammet alle Quellen der Bosheit aufgedreht. Aus tausend Schlünden ihrer Seele brach die Schlechtigkeit empor und drängte an die Welt. Wahrscheinlich hatte die Liebe, die länger lebt, als man glaubt, und auch dann noch wirkt, wenn man sie begraben und tot meint, wahrscheinlich hatten die letzten Reste der Liebe zum Mann Frau Sammet gehindert, der ganzen großen wütigen Trauer, die in ihr lebte, Raum zu geben. Jetzt war sie entfesselt. Es war eine müde und dennoch unaufhörlich arbeitende Wut, eine kummervolle Verbissenheit, es war eine Bosheit in Trauer, das Schlecht-Sein einer Witwe. Sie ging durch das

Haus, schweigsam und hörbar, sie machte niemandem Vorwürfe, aber sie war ein Vorwurf, sie litt, sie kränkelte, sie sah aus wie ein Schatten, aber sie war, wie nur ein Schatten sein kann, so immer gegenwärtig, schrecklich und nicht körperhaft genug, um wirklich zu schrecken; sie war nicht lebendig mehr, nicht von Fleisch und Blut und deshalb so ewig, so unverletzlich und unsterblich. Was konnte ihr die massive Fleischmenge Bidaks anhaben? Ihre Bosheit gab ihr tausend Waffen, gegen die Gesundheit und Kraft wehrlos waren. Sie murmelte Flüche, die man kaum hörte, die man fühlte und die deshalb schon wirkten, noch ehe sie sich erfüllten. Sie war immer da, sie erschien, wenn die Kinder jubelten, und erstickte ihre Freude, und sooft jemand lachte, mußte er plötzlich innehalten, und sein Lachen zerbrach in der Mitte, wie ein fröhliches Glas, das plötzlich springt, man weiß nicht, warum.

Nur Leo Bidak verlor wie gesagt seine Heiterkeit nicht. Gegen ihn richtete sich der bittere und schweigsame Zorn der Tante. Beide konnten einander nichts anhaben. Ihre schreckliche Schlechtigkeit war wie ein viel zu dünner Stahldegen gegen den Panzer starken Frohsinns, der Bidak umgab. Sie waren zwei ewige Feinde, die nach natürlichen Gesetzen nichts gegeneinander können, sie waren wie Tag und Nacht, Sommer und Winter, Tod und Leben.

Dennoch hatte Leo Bidak Furcht. Er graute sich vor dem Gespenst. Er tat alles, um die Tante zu ärgern. Eigentlich wollte er sich beweisen, daß sie nicht tot war, daß sie lebte. Er führte jetzt die Wäscherei allein. Aber am Samstagabend kam die Tante zur Abrechnung. Er ließ sie bis neun Uhr abends warten. Dann ging er fort. Um elf Uhr kam er zurück, und die Abrechnung begann. Aber manchmal hatte die Tante Sammet, man wußte nicht, woher, einen Nachschlüssel. Sie rechnete ohne Bidak. Sie konnte besser rechnen, und sie betrog ihn um lächerliche Summen. Gewöhnlich kam Bidak erst zu spät dahinter. Dann suchte er sich zu rächen.

Die Tante wohnte im ersten Stock in einem kleinen Zimmer. Bidak sperrte die Tür ab, band eine junge Katze am Schwanz an der Klinke fest. Das Tier schrie die ganze Nacht hindurch. Kein Mensch im Hause konnte einschlafen. Nur Leo Bidak schlief, weil er viel getrunken hatte. Die Tante rüttelte an der Tür. Sie zerbrach alle Gegenstände. Sie schrie. Aber Bidak hörte nichts. Er schlief und schmunzelte im Schlaf. Unter seinem Kissen lag der Türschlüssel. Wenn seine Frau den Versuch machte, den Schlüssel zu stehlen, erwachte Bidak, auch im Schlaf fühlte er Gefahren wie ein Tier.

Er kam bald nur noch am Donnerstag und Freitag nach Hause, um die geputzte Wäsche zu zählen. Die Hälfte fehlte. Kunden klagten auf Schadenersatz. Jeden Vormittag hatte Bidak auf dem Gericht zu tun. Er beschäftigte mehrere Advokaten. Sie kosteten mehr Geld als die verlorene Wäsche.

Und dennoch freute sich Bidak seines Lebens.

Ich war sein treuester Kunde. Ich hatte keine kostbare Wäsche. Sie konnte auch verlorengehn. Aber meine Kragen und Hemden wusch und bügelte Bidak persönlich. Ich war nicht nur sein treuester, ich war auch sein einziger Kunde, mit dem er sich beschäftigte.

Wir waren, wenn man so sagen will, Freunde. Denn die Freundschaft ist eine Leidenschaft wie die Liebe, sie überfällt die Herzen der Menschen und heftet zwei aneinander, die verschieden schlagen und obwohl sie verschieden schlagen. Ich muß an dieser Stelle gestehen, daß wir oft miteinander tranken, spazierengingen und von verschiedenen Dingen sprachen.

Wir sprachen von traurigen Dingen, und Leo Bidak begriff ihre ganze Traurigkeit. Dennoch lachte er. Ja, er strömte sogar ganz ein in die Trauer der Welt, und sein Gemüt blieb dennoch heiter. Er glich einem munteren Fluß, der durch die düstere Tiefe eines Waldes rauscht, silbern, lebendig und dennoch dunkelgrün und tot. Er bohrte sich einen lauten, fröhlichen Weg durch alle Schrecken.

Er trank nicht nur, er las auch Bücher, und zwar historische mit Vorliebe. Von allen Zeiten der Weltgeschichte liebte er die der Französischen Revolution am heißesten. Er war ein Rebell.

Wäre er doch ein Zeitgenosse der Revolution gewesen! Er hätte es zu einem historischen Ruhm gebracht. Denn es fehlte ihm nicht an Talenten, sondern an Gelegenheiten. Die Natur hatte ihn nicht zu einem Wäschereibesitzer geschaffen. Er war ein edler Räuberhauptmann.

«Im Jahre 48», sagte er, «stand das Volk von Wien auf dem Platz vor der Burg und schrie: ‹Gebt uns den Latour!› Und man gab ihnen den Latour. Da machten sie eine Schlinge am Kandelaber und hängten ihn auf. Wozu hat die Welt Kandelaber? Ha – ha – ha!»

Er machte am Tag tausend kleine Revolutionen. Er schlug Polizisten nieder in stillen Gassen, er lernte aus den Gesetzbüchern und disputierte mit Richtern und Beamten, mit Gläubigern und Notaren, und er disputierte sie in Grund und Boden. Er las die Parlamentsberichte und hielt selbst Reden. Denn er war ein wichtiger Mann in seiner sozialdemokratischen Ortsgruppe, und am Ersten Mai ging er mit einer roten, golddurchwirkten Fahne.

Indessen bedrängten ihn die Hypotheken, und sein halbes Haus gehörte ihm nicht mehr ganz. Er besaß kaum noch ein Achtel.

Im Sommer arrangierte er Waldfeste. Seine Kinder fuhren mit ihm hinaus, er mietete Knappeks kleines Wäldchen und behängte die Bäume mit Lampions und umgab den Wald mit einem Stacheldraht, auf daß nicht unbefugte Menschen ohne Karten hereinkämen. Tagelang arbeitete er, der Regen vernichtete seine papierenen Ornamente, und er brachte neue an. In der Mitte der Lichtung errichtete er ein Marktzelt mit Lebkuchen und Bier und Wurst. Zwei seiner Kinder verkauften Käse. Seine Frau saß an der Kasse. Die Büglerinnen schenkten Bier aus. An drei Tagen, an denen die proletarischen Feste stattfanden, war Bidaks Laden geschlossen.

Er selbst verwaltete die Lotterie und das Glücksrad.

Er stand auf einer leeren Kiste, und ihm war, als stünde er auf der Terrasse eines eroberten Schlosses. Er rief Nummern aus und ermunterte die Zuschauer, Lose zu kaufen für das Wohl des Proletariats, und ihm war, als hielte er eine rebellische Rede an das versammelte Volk.

Dann ließ er mit einem großen Schwung das Glücksrad rotieren. Es knatterte, kreischte, quietschte, und dieser Lärm freute Bidak sehr, und er lachte so, daß seine kleinen Augen nicht mehr zu sehen waren und sein Mund mit den gelben Raucherzähnen weit offenstand, vom rötlichen Lampion beleuchtet, öffnete er eine große rote Rachenhöhle.

Dann teilte er die Gewinne aus. Den Kindern schenkte er immer etwas, auch wenn sie nicht gewonnen hatten. Und weil gewöhnlich die Kinder nicht gewannen, gab Leo Bidak viel Geld aus. Die Geschenke bezahlte er selbst. Die Ortsgruppe hatte an Bidak ein wertvolles Mitglied. So verlor er bald auch das letzte Achtel des Hauses.

Er versuchte, von der Tante Sammet die andere Hälfte zu erhalten. Sie gab nicht einmal eine Unterschrift auf einen Wechsel. Sie berief sich darauf, daß sie bald sterben würde. Dann sollte das halbe Haus ohnehin der Familie Bidak gehören.

Aber sie starb nicht, die Tante Sammet. Der Tod vernachlässigte sie. Er hielt sie für einen Schatten, den man nicht greifen kann. Oder er hielt sie für seinesgleichen. Er nahm sie nicht, denn sie leistete ihm Dienste. Sie war vorläufig seine Stellvertreterin in dem lauten und so gesunden Haus der Bidaks. Sie erlitt viele Unfälle. Sie wurde überfahren, sie stolperte, sie schlug sich den Körper wund, ein Kind Bidaks warf einen Schürhaken gegen ihren Kopf.

Sie aber starb nicht.

10

Dem arm werdenden Leo Bidak war kein reicher Mann näher als der Herr Perlefter. Weder Banken noch berufliche Geldverleiher, die weniger Steuern zahlen als Banken und weniger sichtbare Schilder haben als sie, konnten Leo Bidak noch helfen. Bidak begab sich um jene Zeit zu Perlefter, ein wenig Hoffnung im Herzen.

Als er ankam, feierte man gerade ein kleines Familienfest, den Geburtstag Fredys. Man wird aus dem, was ich bis jetzt von Herrn Perlefter erzählt habe, schon wissen, daß er an Tagen, die ihn Geld kosteten, wenn sie ihm auch Freuden eintrugen, nicht gerade in der Laune war, für etwas Geld auszugeben, das ihm nicht einmal Freuden eintragen sollte.

Nachwort

Im Oktober 1928 lernte Joseph Roth den um vierzehn Jahre älteren Gustav Kiepenheuer kennen, der gerade mit seinem Verlag von Potsdam nach Berlin übergesiedelt war. Kiepenheuer berichtete später: «Joseph Roth begegnete ich zum erstenmal am Anhalter Bahnhof, als er aus dem Wiener D-Zug stieg; von diesem Augenblick an war unsere Freundschaft besiegelt. Er, der ewige Passagier, kam für einige Wochen oder Monate nach Berlin, und nun begann für mich eine Reihe von ersprießlichen Begegnungen menschlicher und verlegerischer Art, die sich bei all seinen späteren Aufenthalten dort oder anderswo fortsetzten.

Unsere Treffpunkte waren sein Zimmer im Hotel am Zoo, seine Ecke bei Mampe am Kurfürstendamm, in Paris das Café Deux Magots und vor allem die Schreibstube des Hotel Foyot. Für kurze Zeit hatte er einmal eine Wohnung gemietet, und ich sah ihn in dem düstern, riesigen Berliner Zimmer, die Hände in den Manteltaschen, wie in einem Wartesaal auf und ab gehen, als lauere er auf das Abfahrtszeichen seines Zuges ...

Joseph Roth war der Aristokrat unter meinen Autoren. Er bezeugte einem jeden seine Ehrerbietung; seine Stimme erhob sich nie zu einem lauten Wort; er war für jeden da, ohne sich selbst jemals zu verlieren. Wenn er in der Dämmerung zu mir kam und mit seinen schmalen, weißen Händen in den Rock griff, um ein blaues Heftchen oder perforierte Zettelchen aus einem Notizbuch herauszuholen, so geschah dies mit einer gewissen Feierlichkeit und einem Respekt vor der eigenen Arbeit. Denn auf diesen Papierchen stand in seiner feinen, gestochenen Schrift das Ergebnis des Tages: häufig nur ein einziger Satz, den er langsam, akzentuiert vorlas. Daran hatte er den ganzen Morgen an einem Marmortischchen gefeilt und gegrübelt, und aus diesen Papierchen wurde der Roman des ehemaligen Österreichs …

Seine blauen Augen schienen oft besinnlich auf einem auszuruhen und wichen dann langsam ab in einen fernen Himmel oder eine ferne Hölle. Hinter ihrem versöhnenden Aufblitzen lag es stets wie Verzicht. Man war ihm nah, aber manchmal nicht näher als einem heißgeliebten, schon dahingegangenen Freund.» (J. R., *Leben und Werk.* Ein Gedächtnisbuch, hrsg. v. H. Linden, Köln u. Hagen 1949, S. 40–42)

Und Joseph Roth schrieb anläßlich des 50. Geburtstags von Gustav Kiepenheuer 1930: «Zweimal lehnte mich Kiepenheuer ab. Auch das dritte Mal hätte er mich abgelehnt, wenn wir uns nicht kennengelernt hätten.

An einem Sonntag tranken wir Schnaps. Er war schlecht, wir wurden beide krank davon. Aus Mitleid schlossen wir Freundschaft, trotz der Verschiedenheit unserer Naturen, die sich nur im Alkohol finden. Kiepenheuer ist nämlich ein West-Phale, ich ein Ost-Phale. Es läßt sich kaum ein größerer Gegensatz denken. Er ist ein Idealist, ich bin ein Skeptiker. Er liebt die Juden, ich nicht. Er ist ein Fortschritts-Phantast, ich bin ein Reaktionär. Er ist immer jung, ich bin immer alt. Er wird fünfzig, ich werde zweihundert. Ich könnte sein Urgroßvater sein, wäre ich nicht sein Bruder. Ich bin radikal, er ist konziliant. Er ist höflich-unbestimmt, ich bin prägnant. Er ist gerecht, ich bin ungerecht. Er ist ein Optimist, ich ein Pessimist.

Es muß wohl geheime Zusammenhänge geben zwischen uns beiden. Denn manchmal stimmen wir in allem überein. Es ist, als ob wir uns gegenseitig Konzessionen machten, aber es sind gar keine. Denn er hat keinen Sinn für das Geld. Diese Eigenschaft haben wir gemeinsam. Er ist der ritterlichste Mann, den ich kenne. Ich auch. Das hat er von mir. Er verliert an meinen Büchern. Ich auch. Er glaubt an mich. Ich auch. Er wartet auf meinen Erfolg. Ich auch. Ihm ist die Nachwelt sicher. Mir auch.

Wir sind unzertrennlich; das ist sein Vorzug.» (J. R., *Briefe 1911–1939*, hrsg. v. H. Kesten, Köln/Berlin 1970, S. 168)

Natürlich war der Ausdruck «unzertrennlich» bei Roth nie wörtlich zu nehmen. Kiepenheuer und Roth fanden zusammen, weil der Verleger sein Programm neben Benn, Brecht, Feuchtwanger, Fleißer, B. Frank, Gläser, Holitscher, Jahnn, Kaiser, Kesten, H. Mann, Mehring, Seghers, Thieß, Toller und A. Zweig um einen weiteren führenden deutschsprachigen Erzähler bereichern wollte; Roth dagegen traf in Kiepenheuer auf einen vorschußbereiten und in Honorarangelegenheiten überhaupt recht großzügigen Buchproduzenten. Eine wichtige Rolle bei der Gewinnung Joseph Roths für den Kiepenheuer Verlag spielte Hermann Kesten, der als Lektor zahlreiche Editionen der literarischen Avantgarde für den Verlag initiiert und betreut hat. 1929 erschien bei Kiepenheuer der Roman *Rechts und Links*, dem 1930 *Hiob, Roman eines einfachen Mannes* folgte. Freilich kam es Anfang der dreißiger Jahre zwischen Roth und Kiepenheuer bisweilen in Geldfragen zu Spannungen, da die Weltwirtschaftskrise auch dem Buchmarkt ihren Stempel aufdrückte und Roths Schulden beim Verlag jedes normale Maß weit überstiegen, zumal der Roman *Radetzkymarsch* (1932) erst ein Jahr nach dem vereinbarten Termin abgeschlossen wurde. Trotzdem aber stellte in den Jahren zwischen 1928 und 1933 der Kiepenheuer-Verlag jenen festen Pol dar, auf den sich das ruhelose Leben Roths immer wieder rückbezog. Regelmäßig, meist in den Monaten April bis Juni und dann noch einmal im Spätherbst, machte Roth in Berlin Station, und die Aussicht, kontinuierlich für einen Verlag arbeiten zu können, bewog Roth sogar dazu, sich im Juni 1929 ganz in Berlin seßhaft zu machen und eine eigene Wohnung zu mieten, die einzige, die er je besaß. Aber Hausschlüssel, Küchengerüche und Hausmeister waren ihm zu sehr verhaßt, als daß er sich damit auf die Dauer hätte abfinden können. «Ich bin nun schon den neunten Monat in Berlin, es war die schrecklichste Zeit meines Lebens. Niemals waren mir die Leute gleichgültiger. Niemals aber auch erschienen sie mir zudringlicher und weniger gewillt, sich von mir zu lösen.» (Brief an St. Zweig, 1. 4. 1930)

Dennoch fand Roth gerade in jenen Monaten Zeit,

nach der forcierten Prosa der *Rebellion*, der *Flucht ohne Ende* und von *Zipper und sein Vater* die große gebändigte Konzeption des *Hiob* zu entwerfen und nebenher den vielfältigsten Projekten nachzuhängen (u. a. *Der stumme Prophet*). Im Sommer 1930 nahm er sein Wanderleben wieder auf, wenn auch für Freunde und Feinde der Gustav Kiepenheuer Verlag seine Berliner «Stammadresse» blieb. Den Sommer 1931, das Frühjahr 1932 und den anschließenden Jahreswechsel verbringt er wieder in Berlin. Am Morgen nach der Machtergreifung verläßt er Deutschland für immer. In seinem Gepäck befinden sich einige wenige Manuskripte, Notizen, Anfänge; ein großer Teil bleibt im Kiepenheuer Verlag zurück. Dazu gehören die handschriftlichen Erstfassungen seiner Romane *Hotel Savoy, Die Rebellion, Der blinde Spiegel, Flucht ohne Ende, Zipper und sein Vater*, das redigierte Typoskript seines Berichts *Die weißen Städte*, der 1933 im Kiepenheuer Verlag erscheinen sollte, dazu eine Sammlung von gedruckten und ungedruckten Feuilletons, die unter dem Titel *Ein deutsches Lesebuch* zur Veröffentlichung in Buchform vorgesehen waren, und schließlich eine ganze Reihe ungeordneter, nicht datierter Fragmente.

An eine Veröffentlichung weiterer Arbeiten von Roth war nach dem Machtantritt Hitlers nicht zu denken. Im März 33 werden die Geschäftsräume des Kiepenheuer Verlags von der Gestapo restlos ausgeplündert, Archiv und Akten verbrannt, 75 Prozent der Verlagsproduktion vernichtet.

Am 10. Mai werden auch die Werke Joseph Roths unter den Linden in die Flammen geworfen.

Erst vor wenigen Jahren ergab sich bei einer Durchsicht der aus Gestapoterror und Kriegszerstörung des Berliner Verlagshauses geretteten Archivmaterialien des Kiepenheuer Verlags die Gelegenheit, auch den Inhalt jener beiden flachen braunen Pappkartons mit der Aufschrift «Joseph Roth» einer genauen Prüfung zu unterziehen. Dabei stellte sich heraus, daß sich in Roths Berliner Nachlaß neben den schon genannten Romanhandschriften, die von den Druckfassungen zum Teil erhebliche Abweichungen zeigen, einige bis dahin unbekannte umfangreichere Fragmenteinheiten befanden. Eine davon hat inzwischen der Roth-Biograph David Bronsen unter dem Titel *Erdbeeren* veröffentlicht. (J. R., Werke III, hrsg. v. H. Kesten, Köln 1976, S. 193–218) Allerdings wußte Bronsen nichts von der Handschrift im Berliner Nachlaß, sondern kannte nur ein undatiertes Typoskript, dessen Abfassung er irrtümlich in den Jahren 1935/36 vermutet. (D. Bronsen, «Zum ‹Erdbeeren›-Fragment. Joseph Roths geplanter Roman über die galizische Heimat». In: *Text und Kritik*, Sonderband Joseph Roth, hrsg. v. H. L. Arnold, München 1974, S. 122–131)

Das umfangreichste der neu aufgefundenen Fragmente ist der hier abgedruckte Anfang eines Romans, dem der Herausgeber nach der Zentralfigur den Titel «Perlefter. Die Geschichte eines Bürgers» gab. Das Manuskript besteht aus zwei Teilen, von denen die Seiten 1 bis 4 (Kapitel I) relativ viele Korrekturen aufweisen, während der Hauptteil des Textes in einem Zug, auf dem gleichen Papier und fast ohne Korrekturen niedergeschrieben wurde, allerdings fehlen die

Seiten 26 bis 29 der 31 Blätter umfassenden Handschrift. Dieser zweite Teil könnte die Abschrift einer verlorengegangenen Erstfassung sein. Das Kapitel I, das sehr große Nähe zu den vermutlich nur wenig später als der Hauptteil des Perlefter-Manuskripts entstandenen Fragmenten *Erdbeeren* und *Heute früh kam ein Brief* ... (J. R., Werke III, a. a. O., S. 219–223) aufweist, ist dem Perlefter-Text wahrscheinlich später vorgesetzt worden, weil das ursprüngliche erste Kapitel nicht gefiel oder verlorenging.

Als Entstehungszeit kommt für beide Fragmentteile der Zeitraum von Februar 1929 bis Mai 1930 in Frage. Nachdem Roth Stefan Zweig die Beendigung des Romans *Rechts und Links* brieflich angekündigt hatte: «Ferner mache ich einen längst begonnenen ‹Zeitroman› fertig» (Brief vom 15. 1. 1929), berichtet er an Zweig am 27. 2. 1929: «Was ich jetzt schreibe, ist die Geschichte eines Bürgers in Deutschland bis 1928.» Der Herausgeber des Roth-Briefwechsels, Hermann Kesten, ist der Auffassung, diese Stelle beziehe sich noch auf den Roman *Rechts und Links*, der 1929 im Kiepenheuer Verlag erschien. Aber die Charakteristik «Geschichte eines Bürgers in Deutschland» trifft weit mehr auf Perlefter zu als auf das Brüderpaar Paul und Theodor Bernheim (J. R., *Briefe*, a. a. O., S. 555). Der Herausgeber ist der Überzeugung, daß die Anfänge des Perlefter-Manuskripts bis in den Februar 1929 zurückreichen und daß es sich dabei möglicherweise um Teile jenes später den *Münchner Neuesten Nachrichten* angebotenen Romans handelt, von dem Roth Stefan Zweig am 1. 4. 1930 berichtet: «Ich habe in den letzten Wochen einen Zeitungsroman für die M. N. N. fertig gemacht. Seit drei Tagen sitze ich wieder über dem Hiob ...»

Der im Gegensatz zu den früheren Romanen neuartige «gebändigte» Grundton des *Perlefter* und die durch die Vielseitigkeit der bürgerlichen Charakter- und Milieustudie bedingte Unmöglichkeit des Fortsetzungsabdrucks können erklären, warum die *Münchner Neuesten Nachrichten* den Roman ablehnten. Der Weg des Manuskripts nach München mag daran schuld sein, daß der Text nicht vollständig erhalten ist. Die Ablehnung der ersten Kapitel zum Fortsetzungsabdruck könnte auch erklären, warum Roth die Arbeit am Manuskript nicht weiterführte, zumal er bis zum Sommer 1930 den Roman *Hiob* für den Gustav Kiepenheuer Verlag fertigzustellen hatte.

Auf einen, möglicherweise den Perlefter-Text enthaltenden «flüchtigen Roman» kommt Roth noch einmal im Brief an Stefan Zweig vom 22. 9. 1930 zu sprechen: «Ich habe in diesem Jahr außer Hiob, einen flüchtigen Roman geschrieben, 50 Seiten solider Arbeit für die Kölnische» (gemeint ist die Feuilleton-Serie *Kleine Reise*) «und etwa 80 Artikel und ich sitze ratlos da, und es wäre besser gewesen, nicht zu arbeiten und nicht so krank zu werden, wie ich es geworden bin.»

Die Vermutung, beim *Perlefter* könne es sich um jene «neue Erzählung» handeln, über die Roth mit Benno Reifenberg im August 1932 korrespondiert, hält der Herausgeber für abwegig, da unter allen Texten Roths und den Briefen an ihn, die sich im Besitz des Gustav Kiepenheuer Verlags befinden, kein Belegstück ist, das nach 1930 entstand, selbst vom Roman *Radetzkymarsch*, der 1932 bei Kiepenheuer erschien, findet sich im Berliner Nachlaß keine Spur.

Aus all diesen Überlegungen ergibt sich folgendes Bild: Die Jahre 1929 und 1930 waren für Leben und Werk Joseph Roths in doppelter Hinsicht bedeutungsvoll. Zum einen wurden sie geprägt von der über neun Monate währenden Seßhaftigkeit Roths in Berlin – das Leben des ewigen Hotelgasts vollzog sich größtenteils in einer eigenen, bürgerlichen Wohnung –, zum anderen wandelte sich Roth während dieser Zeit vom literarischen Analytiker des deutschen Bürgertums und seiner von rechts bis links reichenden extremen Ausprägungen zum epischen Schilderer der untergehenden habsburgischen Epoche mit ihrer nationalen und ständischen Vielgestaltigkeit. Dieses reichliche Jahr zwischen den Romanen *Rechts und Links* und *Hiob* erbrachte eine Fülle von Fragmenten, die diese Entwicklung dokumentieren und die erkennen lassen, wie sorgfältig sich Roth die neue erzählerische Qualität des *Hiob* erarbeitete.

Im Fragment *Der stumme Prophet* knüpfte Roth an *Die Flucht ohne Ende* (1927), an *Zipper und sein Vater* (1928) und an *Rechts und Links* (1929) an, und auch der Perlefter-Stoff unterlag noch ganz der Konzeption der Typisierung von Haltungen, Handlungen und Schauplätzen auf Grund klassenpsychologischer Vorgaben. Ja, im *Perlefter* wurde diese Typisierung bis an die Grenze des im traditionellen Handlungsroman Vertretbaren vorangetrieben, wobei es freilich

Roths unnachahmliche Fähigkeit war, das Typische von Haltungen und Handlungen durch die scheinbar individualistische Ausgeprägtheit von Charakteren und Eigenheiten zu unterstreichen, das, was er selbst die «ungewöhnliche Gewöhnlichkeit» nannte.

Diese Differenziertheit in der Gestaltung konzentriert sich im *Perlefter* allerdings auf die Hauptperson, während bei allen Nebenfiguren kaum je der Versuch unternommen wurde, die Typik ihrer Erscheinungsweise zu kaschieren, bis hin zum anonymen Schauplatz der Geschichte, die in einer beliebigen deutschen Provinzstadt angesiedelt ist, in der sich die Herausbildung des sich aus dem Mittelstand rekrutierenden Großbürgertums auf kommunaler Ebene vom Theater über die Straßenbahn und den Fremdenverkehrsverein bis zum Landeplatz für Aeroplane spiegelt.

So gesehen verbirgt sich Roth im *Perlefter* noch einmal – wenn auch in konzentrierterer Weise – hinter der Gestalt des Berichterstatters, dessen Arbeitsweise er im Vorwort zu *Die Flucht ohne Ende* so beschrieben hatte: «Ich habe nichts erfunden, nichts komponiert. Es handelt sich nicht mehr darum, zu dichten. Das wichtigste ist das Beobachtete.»

Aber noch während Roth am *Perlefter* arbeitete, fing er wieder an zu «dichten», begann er, einer neuen Wesentlichkeit hinter seinen Figuren und deren Schicksalen nachzuspüren. Begleitet wurden diese Ansätze zu einer Vertiefung des poetischen Weltbilds von einer Ausweitung des autobiographischen Elements in der Prosa. Zwar basierten fast alle seine Romane in eigener Weise auf den Erfahrungen des Autors, und ohne je mit seinen Figuren identisch zu werden, spielte Roth anhand ihres Geschicks die ihm versperrten und die von ihm nicht ergriffenen Wege durch, so daß sich in vielen Gestalten die seelische Landschaft des Verfassers fast unverblümt zu spiegeln scheint, dennoch hielt er sein Werk von den Stationen seines Lebens absichtsvoll frei. Jetzt, nachdem er den Sommer 1928 in Warschau und Lemberg verbracht hatte, drängten sich die Landschaft und die slawisch-jüdische Kleinstadtgesellschaft seiner Kindheit, die es längst nicht mehr gab und von der er schon in *Hotel Savoy* (1924) Abschied genommen hatte, erneut in den Vordergrund. Eine autobiographische Skizze zu Gustav Kiepenheuers 50. Geburtstag (Juni 1930; J. R., *Briefe*, a. a. O., S. 164–168) entsteht, ein Feuilleton erhält den Titel *Aus dem Tagebuche des Schülers Joseph Roth* (Juli 1930; J. R., *Werke IV*, a. a. O., S. 868–870), die Fragmente *Erdbeeren* und *Heute früh kam ein Brief* ... werden abgefaßt; der Uranfang des Romans *Hiob* (abgedruckt unter dem Titel *Wasserträger Mendel* in: J. R., *Perlefter. Fragmente und Feuilletons aus dem Berliner Nachlaß*, hrsg. v. F. Berger, Leipzig u. Weimar 1978) und schließlich der Roman *Hiob* selbst werden geschrieben. Die sich vollziehende Entwicklung von der differenzierten Wiedergabe der äußeren und inneren Erscheinungsweisen zur behutsamen Herausschälung des Wesens von Landschaften, Menschen und geschichtlichen Prozessen läßt sich auch am Stilwandel der journalistischen Arbeiten und der Feuilletons der Jahre 1929 und 30 ablesen; wie groß ist nicht der Unterschied zwischen den Südfrankreich-Berichten des Jahres 1925 und den Essays über die *Weißen Städte* aus dem Jahr 1929, die mit den Worten enden: Auf meinem Weg, der nach Norden führt, in den Herbst, in den Nebel, in die Wälder, sehe ich sie wandern. Sie kommen ohne Schwerter. Aber selbst, wenn sie Waffen hätten, werden sie alles Tödliche ablegen. Hier ist das Leben stärker. Hier ist man nicht leicht bereit, sein Blut zu vergießen. Hier findet man eine Kindheit, seine eigene und die Kindheit Europas. Nirgends wird man so leicht heimisch. Und selbst wer das Land verläßt, nimmt das Beste mit, das eine Heimat mitgeben kann: das Heimweh (J. R., *Werke III*, a. a. O., S. 934).

Im Zusammenhang mit den Fragmenten *Erdbeeren* – über die sich Roth und Stefan Zweig schon im Januar 1929 unterhielten – und *Heute früh kam ein Brief* ... entstand auch das neue erste Kapitel zum *Perlefter*, das durch Personennamen und Handlungsmotive die unmittelbare Zusammengehörigkeit der drei Arbeiten zweifelsfrei ausweist. Es wurde auch in dieser Ausgabe dem Roman vom Herrn Perlefter vorangestellt, obwohl es mit seinen Namen und mit der Ortsangabe «Wien» der ursprünglichen Konzeption der Geschichte eines Bürgers in Deutschland widerspricht. Roth, ganz mit der Arbeit am Roman *Hiob* beschäftigt, fand nicht die Zeit, beide Fragmentteile aufeinander abzustimmen; wahrscheinlich auch erschien es ihm unmöglich, aus der imperialen Gestalt des deutschen Bürgers Perlefter einen wohlhabenden Judenonkel im untergehenden habsburgischen Wien werden zu lassen. Daher mag es kommen, daß Roth auch andere Unstimmigkeiten im Manuskript wie die widersprüchliche Charakterisierung Bidaks und die Übernahme des Kutschermotivs vom achten ins spätere erste Kapitel nicht zu bereinigen unternahm. So zeigt sich im Perlefter-Fragment die Wandlung, die sich im Werk Joseph Roths in Thema und Gestaltung in den Jahren 1929 und 1930 vollzog, am eindrücklichsten.

Der Versuch des literarischen Analytikers des deutschen Bürgertums, in Berlin seßhaft zu werden und sich in einer bürgerlichen Schriftstellerexistenz einzurichten, scheiterte. Im Juli 1930 nahm der heimatlose jüdische Literat die Wanderschaft seines Lebens wieder auf, dieses ständige Unterwegssein zu einem Ziel, das es für ihn nicht gab, ein Weg, auf dem die Summe des Verlorenen beständig anwuchs, bis sie zu einem zentralen Thema seiner schriftstellerischen Arbeit wurde.

Als Joseph Roth seine Berliner Existenz in einigen wenigen Koffern unterzubringen hatte, wählte er aus, was er an Fragmenten und Entwürfen als fruchtbare Ansätze für künftige Arbeiten ansah, so *Der Stumme Prophet*, so ein Typoskript *Erdbeeren*. Den Rest der Romanhandschriften, Aufsätze und Anfänge verschnürte er in zwei braune Pappkartons und brachte sie Gustav Kiepenheuer. Darunter war auch *Perlefter*, Roths letzte Geschichte eines Bürgers in Deutschland.

Friedemann Berger

k&w Sonderausgaben
Erfolgreiche Bücher zu kleinen Preisen

Gabriel García Márquez: Hundert Jahre Einsamkeit

Roman. Gebunden. 480 Seiten.

»Gabriel García Márquez legte ein Buch vor, das spannend ist, voller genialer Übertreibungen, von unbekümmerter Phantasie, von rücksichtsloser Bildpotenz – ein Buch der großen Komposition.« Die Zeit

Joseph Roth: Radetzkymarsch

Roman. Gebunden. 384 Seiten.

Radetzkymarsch, das bedeutendste, schon klassisch gewordene Werk Joseph Roths, schildert mit dem Schicksal der Familie von Trotta, die auf eine legendäre Weise dem alten Kaiser Franz Joseph verbunden ist, die Auflösung einer jahrhundertealten Ordnung und den Verfall einer Familie.

Heinrich Böll: und sagte kein einziges Wort

Roman. Gebunden. 192 Seiten.

Dieser Roman Bölls ist der erste bedeutende deutsche Versuch, das Christentum nicht nur als geistiges Problem, sondern als Alltags-Lebensform und als Alltags-Lebensforderung mitten in einen naturalistischen Roman, mitten in die Großstadt von 1950 hineinzustellen.

k&w
Verlag Kiepenheuer & Witsch

Catherine Cookson

ist mit ihren Romanen zur Chronistin des menschlichen Herzens geworden. In über zehn Sprachen sind die Bücher der englischen Autorin Welterfolge geworden:

Ein schwerer Weg
400 Seiten. Ln. DM 34,–

Der erste Sohn
368 Seiten. Ln. DM 28,–

Die Fremde
272 Seiten. Ln. DM 28,–

Der Spieler
352 Seiten. Ln. DM 28,–

Die Chronik
512 Seiten. Ln. DM 32,–

Die einzige Tochter
320 Seiten. Ln. DM 28,–

Ein Freund fürs Leben
320 Seiten. Ln. DM 28,–

Nur eine Frau
344 Seiten. Ln. DM 28,–

Preisänderungen vorbehalten.

Schneekluth Verlag München

«Maria Fagyas versteht es meisterhaft, Epochen und Zeitkonflikte in ihren Romangestalten zu spiegeln.»
Hamburger Abendblatt

Maria Fagyas

Der Leutnant und sein Richter

Roman. Sonderausgabe. 376 Seiten. Gebunden
und als Taschenbuchausgabe: rororo 1923

Dieser Roman ist so ungewöhnlich und aufregend wie der Kriminalfall, der ihm zugrunde liegt. Noch einmal leuchtet der Glanz der Donau-Monarchie auf: rauschende Offiziersbälle, wilde Casino-Gelage, mondäne Vergnügungen, kostspielige Mätressen, ruinöse Spielschulden, heimliche Amouren, frivole Ehebrüche, raffinierte Militär- und Hofintrigen. Doch schon kündigt sich in der rätselhaften Tat eines Einzelgängers die große Katastrophe an, die all das hinwegfegen wird.

Der Tanz der Mörder

Roman. 400 Seiten. Gebunden
und als Taschenbuchausgabe: rororo 4011

Der unerhört spannende, psychologisch meisterhafte Roman über eines der grausamsten und blutigsten Dramen in der Geschichte des serbischen Königshauses: den Putsch der Offiziere gegen die Willkürherrschaft Alexanders I. im Belgrad des Jahres 1903. Zugleich ist dieser Roman die ergreifende Liebesgeschichte zwischen einem schwachen König und einer der letzten großen Kurtisanen einer untergehenden Epoche.

Die Zwillingsschwester

Roman einer preußischen Affäre
400 Seiten. Gebunden

Die Begegnung des jungen Grafen Nikolas Karady mit Alexa von Godenhausen wird beiden zum Schicksal. Vor dem Hintergrund der sich dramatisch zuspitzenden politischen Ereignisse und eingeholt von ihnen, werden Alexa und Nikolas in einen Strudel der Leidenschaften und Verbrechen gerissen, bis sich ihr Schicksal am Ort ihrer ersten Begegnung, auf dem ungarischen Gut Sárkány, erfüllt.

Rowohlt

719/7

Erzählungen großer Autoren unserer Zeit in Sonderausgaben

James Baldwin · Gesammelte Erzählungen

Gottfried Benn · Sämtliche Erzählungen

Albert Camus · Gesammelte Erzählungen

John Collier · Gesammelte Erzählungen

Roald Dahl · Gesammelte Erzählungen

Hans Fallada · Gesammelte Erzählungen

Ernest Hemingway · Gesammelte Erzählungen

Kurt Kusenberg · Gesammelte Erzählungen

D. H. Lawrence · Gesammelte Erzählungen

Sinclair Lewis · Gesammelte Erzählungen

Henry Miller · Sämtliche Erzählungen

Robert Musil · Sämtliche Erzählungen

Jean-Paul Sartre · Gesammelte Erzählungen

James Thurber · Gesammelte Erzählungen

John Updike · Gesammelte Erzählungen

Thomas Wolfe · Sämtliche Erzählungen

Rowohlt Verlag

367/24